ベリーズ文庫

9度目の人生、聖女を辞めようと思うので敵国皇帝に抱かれます

朧月あき

STARTS
スターツ出版株式会社

目次

9度目の人生、聖女を辞めようと思うので敵国皇帝に抱かれます

オルバンス帝国の皇帝
デズモンド
冷酷で残虐、人を道具のように扱う無慈悲な皇帝と噂されている。女性を嫌悪しており、一時は男好きだと疑われていたほど。
Character introduction
エンヤード王国の聖女
セシリア
元は田舎の子爵令嬢で継母に虐げられていた。10歳の時に手首に“聖女の証”が浮かび上がるが、魔法を使えず“役立たずの聖女”と呼ばれている。
9度目の人生、聖女を辞めようと思うので敵国皇帝に抱かれます

エンヤード王国

魔法の神“ダリス神”の加護で成り立つ国。“聖女”が絶対的存在であり、
妃に迎えればその王は長生きできるうえ、国も栄えると言い伝えられている。

拗らせ王太子　エヴァン

エンヤード王国の王太子であり、セシリアの婚約者。
ある理由からセシリアのことを避けるようになり、白昼堂々と不貞を働いている。

エヴァンの愛人　マーガレット

指折りの高位貴族であるバスチス公爵家の令嬢。
いつも派手なドレスを身に纏い、魔法の使えないセシリアを馬鹿にしている。

オルバンス帝国

あまたの国を吸収し巨大化した大陸一の大帝国。
軍事力、経済力ともに群を抜いており、諸外国が最も恐れる存在。
友好国を作らず孤高を貫いている。

デズモンドの側近　ベンジャミン

魔導士を名乗っているが実際は火起こし程度の魔法しか使えない。
愛嬌ある人柄を気に入られ、デズモンドの最も親しい友人でもある。

才色兼備な魔導士　ジゼル

大魔導士エンリケの娘で、父譲りの強力な魔法の使い手。
美しく才能に溢れており、女性たちの憧れの的。後宮入りが噂されている。

デズモンドの兄　グラハム

オルバンス帝国の第一皇子。王位継承を逃したが飄々とした様子。
現在は魔石の研究をしており、最近は魔道具の開発にも乗り出している。

９度目の人生、聖女を辞めようと思うので敵国皇帝に抱かれます

一章　役立たずの聖女

「あのような妻は抱く気が起こらない。君の方がよほど魅力的だ」

地下聖堂からの帰り、聞き慣れた声を耳にしたセシリアは、慌てて柱の陰に身を隠した。

夫のエヴァンが、廊下の真ん中で、人目もはばからず女性の肩を抱いている。

ここエンヤード王国の誉れ高き王、エヴァン・ルーファス・エンヤードは、太陽を彷彿《ほうふつ》とさせる金色の髪に深いグレーの瞳を持つ、稀代《きだい》の美丈夫だ。

齢《よわい》二十九、今までの人生では迎えることのできなかった男盛りを迎えている。

「君に比べてセシリアは、魔法が使えないうえに役立たずのろくでなしだ。あれで聖女を名乗るなど、おこがましいにもほどがある」

「ふふ。国王陛下、そのおっしゃり方はあまりにも失礼ですわよ。仮にもこの国の正妃様なのですから」

肩を抱かれているのは、愛人であるバスチス公爵家の令嬢マーガレットだ。

結い上げた艶やかな黒髪に、目鼻立ちのくっきりとした美しい顔。鮮やかな深紅のドレスを着ており、そこにいるだけで薔薇《ばら》の花が咲き誇っているかのように華やかである。

「君が聖女だったらよかったのに」

「私もそう思いますわ。もしもそうでしたら、国王陛下の御心も御身体も、正々堂々お慰めできましたのに」

エヴァンを労わるように、マーガレットがしおらしい声を出した。

「君は心まで優しいのだな。セシリアとは大違いだ」

（またこのやり取り。人生八度目ともなると、さすがに飽きてきたわね）

セシリアがそんなことを考えていると、通りかかった侍女ふたりと目が合った。

彼女たちは驚いたようにいちゃつき合っているエヴァンとマーガレットを見て、再びセシリアに視線を戻すと、ヒソヒソと陰口を叩《たた》く。

「ちょっと、王妃様そこにいるじゃない。気の毒だわ」

「でも、国王陛下のおっしゃっていることは間違っていないわ。魔法が使えず功績もない聖女様など、愛されなくて当然だもの」

それから露骨な蔑みの視線をセシリアに向け、横を通り過ぎていった。

エヴァンはマーガレットの肩を抱いたまま客室に入っていく。

そしてドアが閉まる直前、勝ち誇ったような視線を柱の陰にいるセシリアに投げかけた。

どうやら彼も、セシリアの存在に気づいていたようだ。

こうして見せつけるように不貞を働かれたのは、今回の人生でも一回や二回ではない。八度の人生を通算すると、百回近くに上るのではないだろうか。

それこそ慣れないうちは傷ついたが、今となってはエヴァンの不貞など気にしていない。彼が誰を愛そうが抱こうがかまわない。

どんなに努力しても彼がセシリアを愛してくれないことは、もう痛いほどわかっているから。

それを踏まえたうえで、セシリアには大事な使命があった。

だから八度目の今回、誰にも気づかれないように薬を開発し、その後は地下聖堂で祈り続ける毎日を送っているのだ。

――この国の誉れ高き王である、エヴァン・ルーファス・エンヤードの命を救うために。

エヴァンとマーガレットが消えていったドアを、セシリアは感慨深く見つめた。

（今日もお元気そう。私の祈りは通じているのだわ）

今回の人生、エヴァンはこれまでで一番長生きしている。

過去の人生では、二十九歳を迎えるまでに、戦死したり、病死したりしていたのに。

（今度こそ、長生きされますように）

セシリアはエヴァンとマーガレットが睦《むつ》み合っている部屋に向かってひっそりと祈りを捧《ささ》げると、足音を立てないようにしてその場を後にした。


セシリア・エンヤードは、ここエンヤード王国の王妃にして聖女だ。

エメラルドグリーンの瞳に腰まで伸びた淡いブルーの髪。もとはいわゆる下位貴族、田舎の領地を治めるランスロー子爵家の令嬢だった。

生い立ちは、順風満帆ではない。

実母はセシリアを産んですぐに亡くなったため、セシリアは肖像画でしか彼女のことを知らない。

父が迎えた後妻は、夫が違う女に産ませた義理の娘を忌み嫌った。

自分が産んだ娘――義妹のジョージーナばかりをかわいがり、セシリアにはろくな生活用品を与えず、家庭教師をつけることもなく、まるで使用人のように扱ったのである。

事なかれ主義者の父は見て見ぬフリで、セシリアはつらい幼少期を過ごした。

だがセシリアが十歳の頃、青天の霹靂《へきれき》の事態が起こる。セシリアの左手首に突如、青々とした聖杯の形の痣《あざ》が浮かび上がったのだ。

大陸内では小国にすぎないエンヤード王国は、ダリス神と呼ばれる魔法の神の加護で成り立っている。

聖女はダリス神の使いであり、高度な魔法を使って、国に安泰をもたらすと云われていた。

神から聖女に選ばれた者の左手首には、〝聖女の証〟と呼ばれる聖杯をかたどった青い痣が浮かぶ。初代エンヤード王がダリス神とともにこの国を建国した際、祝杯をあげて永遠の絆《きずな》を誓った伝承に由来するらしい。

聖女はいつの御代《みよ》にも必ず存在して、亡くなると別の者に痣が現れる〝伝聖〟という現象が起こる。つまりそのとき高齢だった聖女が亡くなり、セシリアが神から新たな聖女に選ばれて、その身に伝聖が起こったというわけである。

エンヤード王国にとって、聖女は絶対的な存在。

妃に迎えればその王は長生きできるうえに国も栄えると伝わっており、セシリアはすぐさま城に召し上げられた。そして年齢的な関係から、当時王太子だった四歳年上のエヴァンの婚約者となったのである。

虐げられてばかりの惨めな令嬢から王太子の婚約者への、まさかの逆転人生。

セシリアにとっては夢のような出来事で、心躍らせていたものの、そんな日々は長くは続かなかった。

聖女になっておよそ一年、ダリス神の前で婚約を誓う〝婚約の儀〟を終えたあたりから、優しかったエヴァンの態度が一変したのだ。

セシリアが話しかけても冷たくあしらったり、無視をしたり、顔を見ただけでいやそうな顔をしたり。

一方でほかの令嬢をとっかえひっかえ連れ歩き、夜会にも楽しげに侍《はべ》らせていた。

セシリアが会場の隅でひとりポツンと立っていても、ほったらかしである。

そんなエヴァンの変化を目《ま》のあたりにした城の人間も、次第にセシリアを冷遇するようになった。

誰にでも優しいエヴァンが唯一毛嫌いするセシリアは、よほどの性悪なのだろうと噂《うわさ》が立ったのだ。しまいには、偽聖女とまで言われるようになる。

繰り返すが、ダリス神は魔法の神だ。

その恩恵によって、エンヤード王国には魔法を使う者が多く存在する。

多くは火・水・風・土属性の一般的魔法が、一部は治癒・暗黒属性の特殊魔法が使えた。ジョージーナは幼い頃から水魔法を自在に操っていたし、エヴァンも土魔法の使い手だ。

とりわけ聖女は強大な魔力を持ち、歴代の聖女はありとあらゆる魔法を使いこなして国民の羨望を集めた。

だがセシリアは、前述のような魔法を使えない。

そのため最初からセシリアに不信感を抱いていた者は多く、エヴァンの態度の変化を機に、敵対心をむき出しにしたというわけである。

結果として、聖女かつ王太子の婚約者という立場ながら、セシリアは城で蔑ろにされる。

王妃になっても、状況は変わらなかった。

セシリアだけ公の行事に呼ばれないのは日常茶飯事。城内を歩いているときに水が降ってきたり、クローゼットに入れていたドレスがズタズタにされていたりすることもあった。

『君を聖女だとは認めない』

『何度も言ったが、俺に君は必要ない』

とりわけ辛辣な言葉で容赦なくセシリアの心を踏みにじったのは、エヴァンだった。

本当はマーガレットを妃に迎えたかったのに、セシリアが聖女になったせいで願い叶わず、憎んでいるのだろう。不貞もよりあからさまになっていった。

ちなみにマーガレットは火魔法の達人だ。それゆえ彼女もまた、聖女ながらに魔法が使えないセシリアを、人目がないところで繰り返し罵倒した。

『まあ、火起こし魔法すら使えませんの？　なんて情けないのかしら。魔力を持たずに生まれてきても、修行すれば習得できる初級の魔法ですのに』

……のだが。

実はセシリアは、ひとつだけ魔法を使える。

ただしこの魔法は、使ったところでセシリア本人にしかわからないので、誰にも知られていない。

「きゃあああっ！」

過去にぼんやりと思いを馳《は》せていたセシリアは、突如響いた悲鳴で我に返る。

「だ、誰か……っ！」

バンッ！と客室の扉が開き、転がるようにしてマーガレットが廊下に飛び出してきた。真っ青な顔で、あわあわと声にならない声を漏らしている。

セシリアは慌てて彼女のもとに駆け寄った。

「どうなされたのですか？」

マーガレットはセシリアの肩にしがみつくと、がくぜんとしながら声を絞り出した。

「へ、陛下が。陛下が……」

「国王陛下が、どうされたのです？」

「バルコニーの柵に背をお預けになられて……そうしたら直後に柵がくずれて……バルコニーから下に……」

（まさか……！）

セシリアは震える息をのみ込んだ。

急いで客室に入るなり、開けっ放しのガラス扉が目に飛び込んでくる。

その向こうのバルコニーにあるべきはずの柵の一部が、跡形もなく消えていた。

セシリアは恐る恐るバルコニーに出ると、下を覗《のぞ》き込んだ。

ちょうど真下、庭園を彩る煉瓦《れんが》造りの地面に、落下した柵の破片に埋もれるようにしてエヴァンが倒れていた。

月明かりが、横たわる彼の様子を映し出す。

後頭部からは真っ赤な血が流れ、グレーの瞳はカッと見開かれたまま、じっと宙を見つめていた。

すでにこと切れていると、すぐにわかった。

彼の遺体を見るのは、これで数度目だから――。

「なんてこと……」

セシリアは、その場にへなへなと膝をつく。

(これまでのように若くして病で亡くならないように、今回の人生では薬を開発し、そのうえ毎日地下聖堂で祈りを捧げてきたのに。今度は事故で亡くなるなんて……)

「あ、あなたのせいですわ……」

ぼうぜんとしていると、背後にいたマーガレットが泣きながらセシリアに食ってかかる。

「あ、あなたのような役立たずが聖女になるから、国王陛下がこんな目に遭ったのです……っ！　私は、私はなにも悪くありません……っ！」

髪は乱れ、口はガクガクと震え、目は血走っている。

いつもの淑女然とした彼女からはほど遠いあり様だった。

「ええ、そうです。マーガレット様はなにも悪くありません。悪いのは全部、国王陛下に愛されるような聖女ではない私なのです」

セシリアは神妙な面持ちで言った。

予想外の返事だったのか、マーガレットが驚いた顔をする。

(愛されることをあきらめても、こんなにもうまくいかないなんて。いったいどうすればエヴァン様を救えるのかしら?)

セシリアは複雑な気持ちのまま目を閉じ、両手を合わせて祈りの姿勢になると、念を込めた。

体中に熱がみなぎり、まばゆい光に包まれる。

セシリアを形作るすべてが目に見えないあまたの粒子となって、時空の狭間に溶け込んだ。

(この魔法を使えるのは、これで最後だわ。次こそ失敗しないように、心して生きないと)

押しつぶされるような重苦しい感覚が、体中に走る。

だがある一瞬で、ふわっと軽くなった。

直後、体を襲ったひどい倦怠感《けんたいかん》。

目を開けると、先ほどまでいた夜のバルコニーではなく、真昼の渡り廊下に立っていた。

太陽光に照らされ、庭園の木々の葉が青々と光り輝いている。

（うまくいったわ）

ホッと胸をなで下ろすと、セシリアは荒い息をついた。

この魔法を使い始めた当初はなんともなかったのに、ここ数回は疲労が激しい。魔法を発動した直後に生じる倦怠感が、なかなか回復しないのだ。

「おい、聞いているのか？」

すぐ近くから声がして、セシリアはどうにか顔を上げる。

先ほど死んだばかりのエヴァンが、見下すような目でセシリアを見ていた。

二十九歳だった彼よりも若々しく、青年らしさに満ちている。

「もう一度言っておくが、今夜の夜会にはマーガレットを連れていく。君は部屋でおとなしくしていろ。決してしゃしゃり出るような真似はするな。成り上がりの聖女とまた悪評が立ったら、俺の面目に関わるからな」

刺々《とげとげ》しく言い放ったエヴァンの背に、先ほどまで泣きわめいていたマーガレットが、すまし顔で身を寄せていた。

彼女も若返っており、少し前に流行した膨らんだ袖のドレスを正々堂々身につけている。光沢のある濃いピンク色のドレスで、相変わらず華やかだ。

(やっぱり、結婚前のこの瞬間に戻ってくるのね)

結婚する二年前、セシリアが十八歳でエヴァンが二十二歳の、城で夜会が開かれる日の真っ昼間。

セシリアがひそかに使える魔法——時空魔法を発動したときは、たいていこの場面に戻るのはなぜだろう。


そう、実はセシリアは時空魔法が使えた。

自分がこの稀有《けう》な魔法の使い手だと知ったのは、十一歳の頃である。優しかったはずのエヴァンが冷たくなったのがきっかけだ。

セシリアがいったいなにをしたのか。どうしてエヴァンはセシリアだけを嫌うのか。まったく理解できず、泣き明かす日々が続いていた。

そんなある夜、セシリアは布団の中で、エヴァンが優しかった頃に戻りたいと強く願う。

すると体中に熱がみなぎり、光が視界を覆ってなにも見えなくなった。

そしていつの間にか、聖女になりたての頃に戻っていた。

『この子が新聖女かね？　魔法が使えないとは嘆かわしい』

目の前には、セシリアが魔法を使えないと知って嘆いている最高司祭がいた。

『聖女ならば、必ずなにかしらの魔法が使えると文献には書いてあったというのに。ダリス神はどうしてこのような無能者を聖女にお選びになったのだ』

その瞬間セシリアは、今しがた起こった不思議な現象が、自分の魔法によるものではないかと推測した。

すぐにエンヤード城内にある図書館に行き、魔法辞典をくまなく調べた。

そして、時の流れを遡る〝時空魔法〟と呼ばれる魔法がこの世にあることを知ったのだ。

時空魔法はかなり稀《まれ》な魔法で、長い歴史においても、操れる者は数えるほどしかいなかったようだ。

そのうえひどく魔力を消耗するため、頻発すると体に負荷がかかり、死んでしまうらしい。限度は八回とされていた。詳しい情報は出回っておらず、存在自体ほとんど知られていない。

自らの命を脅かすと知り、セシリアはそれ以降、時空魔法を使うまいと心に決めた。

だが結果として、限度の八回まで使う羽目になってしまう。

それは、エヴァンの命を救うためである。

どんなに冷遇され、蔑ろにされ、浮気をされようと、セシリアにとってエヴァンがこの世で一番大切な人である事実は変わらなかった。

——彼は、生まれて初めてセシリアに優しさを教えてくれた、唯一無二の人だから。


エヴァンとの出会いは、セシリアが聖女になる一年前、九歳の頃に遡る。

あるときランスロー家に、エンヤード城からガーデンパーティーの招待状が届いた。宛名はセシリアとジョージーナ、ふたりの姉妹である。十三歳になるエヴァン王太子の婚約者探しのパーティーへの誘いだった。

張りきった義母は、ジョージーナのために上位貴族御用達の仕立て屋でドレスをあつらえ、奮発して高級アクセサリーも揃《そろ》えた。一方でセシリアの準備は完全に放置。

そのためセシリアは、自分でドレスやアクセサリーを用意しなければならなかった。

屋根裏の奥で、亡くなった母が娘時代に着ていたドレスを見つけたときは心底ホッとしたものだ。アクセサリーは見あたらなかったから、庭でシロツメクサを集めて、代用品の花冠をせっせと編んだ。

そして迎えた当日。

時代遅れのドレスに野花の花冠を着けているセシリアは、ティーパーティーに集まった貴族たちの笑い者になった。

『まあ、なんて汚いドレスなの！』

『お城に花冠をかぶってくるなんて、非常識にもほどがありますわ』

ランスロー夫人は、被害者気取りで疲れきった顔を見せる。

『立派なドレスを用意してやったのに、自分の好きな格好をすると言ってごねましたの。わがまま放題のあの子には、ほとほと手を焼いていますわ。血はつながらなくとも、私はあの子の母親になれるよう懸命に努力していますのに、あの子はわざと私を困らせるようなことばかりするのです』

『大変ですわね、お気の毒に』

蔑みの視線を一身に集め、セシリアは耐えきれずその場から逃げ出した。

とりわけ亡き母の大切なドレスをばかにされたことが悔しかった。

会場から離れた花壇の隅で、植え込みの陰に隠れ、とめどなく涙を流し続ける。

そのとき、頭上から声をかけられた。

『どうして泣いているの？』

顔を上げると、いつからそこにいたのか、目の前に年上の少年が立っている。

太陽を彷彿とさせるサラサラの金色の髪に、グレーの瞳。金の紐《ひも》ボタンが連なる白い上着――ジュストコールに、濃紺の下衣。そこにいるだけでみなぎるような気品を感じる少年だった。

『その……。悲しくて、泣いていました』

『なにが君をそんなに悲しませたの？』

『それは……皆が、私の格好がおかしいと笑うからです』

『おかしい？　君が？』

少年は不思議そうにセシリアを眺め回す。そして、花がほころぶような優しい笑みを見せた。

『大丈夫だよ。すごくかわいい』

それからセシリアの花冠のシロツメクサをひとつちぎり、自らの金の紐ボタンに結わえる。

高級素材でできた紐ボタンで揺れる野花は、ひどくアンバランスに思えた。

『これで俺も君とお揃いだ。だから怖がらないで』

その瞬間、セシリアはエメラルドグリーンの瞳を大きく見開いた。

こんなにもまっすぐな優しさを向けられたのは、生まれて初めてだったからだ。

『あなたは、ダリス神が遣わした聖人なのですか？』

本気でそう思った。これほど美しく心優しい人間がこの世にいるなど信じられない。

世の中には、いじわるな人しかいないと思っていたから……。

するとと少年はさもおかしそうに、ハハハッと笑い声を響かせる。

『ダリス神は聖人を遣わさない。遣わすのは聖女だ。聖人は異教の使者だよ』

微笑む彼があまりにも綺麗で、セシリアは目が離せない。

『君はかわいいうえにおもしろい女の子だ。だから自信を持って』

『はい……。ありがとうございます』

少年が立ち去った後も、胸が無性にドキドキして、セシリアはしばらくの間その場から動けないでいた。

少年になでられた頭が、熱を持ったかのようにジンジンしている。

これが初恋だと気づくのに、時間はかからなかった。

そしてその恋は、彼の正体がこのパーティーの主役――エヴァン王太子その人だとわかるなり、儚《はかな》くも終わりを迎える。

王太子など、セシリアにとってみれば手の届かない雲の上の存在だからだ。

自分のような一介の子爵令嬢、それも家族にも愛されていない娘が、到底肩を並べられる相手ではない。

だが、一年後のある日。

セシリアの左手首に聖女の証である聖杯をかたどった青痣が浮かび、ランスロー家が騒然となる。

自分で描いたのだろうと義母はあざ笑ったが、どんなに布でこすっても消えず、みるみる顔を青くした。

『どうしてあなたが聖女に選ばれたの⁉ 魔法が使えるジョージーナの方がよほどふさわしいのに！』

セシリアはつかみかかる義母から引き剥《は》がされ、あっという間に新たな聖女として城に召し上げられる。そして、エヴァン王太子の婚約者に指名された。

その後義母は、何度も国王に謁見し、ジョージーナの方が王太子の婚約者にふさわしいと訴え続けたらしい。あまりにもしつこいので迷惑者とみなされ、城を出入り禁止になり、ジョージーナともども社交界から永久追放されたと聞く。

聖女を迎えた王は、側妃を迎えない決まりになっている。

聖女だけを生涯大事にすることで、ダリス神に忠誠を示すためだ。

つまり雲の上の存在だったエヴァンは、この世で唯一、セシリアだけのものになったのだ。

まるで夢のような日々だった。

絢爛《けんらん》豪華な城に住まい、時間があればエヴァンとともに過ごす。

肩を並べて庭を散歩し、顔を寄せ合って同じ本を読む。

ランスロー家でろくな教育を受けてこなかったセシリアにとって、正妃になるための教育は過酷だったが、エヴァンがいるならがんばれた。

彼のために、ちゃんとした妃にならなくては。

セシリアは当初、魔法を使えない自分が聖女になるなどおこがましいと恐縮していたが、次第に自覚が芽生える。

寝る間を惜しんで勉学に励み、時間があったら書物を読んで、知識を蓄える。礼儀作法やダンスの練習にも懸命に励んだ。魔法が使えないぶん、ほかで補わなければと意気込んでいた。

そのうちがんばり屋の新聖女の噂が広まり、皆のセシリアを見る目が変わる。

ちょうどその頃から、エヴァンの様子がおかしくなった。

露骨に避けられ、『役立たずの聖女』と陰で罵《ののし》られる始末。

だから傷心のセシリアは、無意識のうちに時空魔法を発動させてエヴァンが冷たくなる前に戻ったのだ。

だが、二度目の人生もうまくはいかなかった。

エヴァンがまたセシリアを冷遇し始めたのである。

状況が変わらないまま、セシリアは二十歳、エヴァンは二十四歳になり、ふたりは結婚する。結婚後も、エヴァンが態度を改めることはなかった。

それは二年後に国王が崩御し、エヴァンが新たなる国王に即位しても変わらず。

むしろエヴァンは以前にも増してセシリアを蔑ろにするようになり、とっかえひっかえ女性と寝所をともにした。

そしてついに、悲劇が起こる。

即位のわずか一年後に、エヴァンがオルバンス帝国に戦争を仕掛け、呆気《あっけ》なく戦死してしまったのだ。皇帝デズモンドとの一騎打ちの末だった。

オルバンス帝国は、あまたの国を吸収して巨大化した、大陸一の大帝国だ。軍事力、経済力ともに群を抜いており、諸外国の最も恐れる地位にいる。

孤高を貫く体制で、交友関係の締結は皆無。オルバンス帝国の力にあやかろうと、とくに小国は友好国になりたがったが、かの国が首を縦に振ることはなかった。

そのオルバンス帝国を率いているのが、悪名高き皇帝デズモンドだ。

デズモンドは皇帝でありながら、帝国一の剣豪で、おまけに強力な暗黒魔法の使い手と噂されている。冷酷非道で、逆らう者は女子どもですら容赦せず、別名覇王と呼ばれていた。

（そんな、エヴァン様が亡くなるなんて……）

エヴァンの遺体と対面した直後、セシリアは無意識のうちにまた時空魔法を発動していた。

――『もう一度言っておくが、今夜の夜会にはマーガレットを連れていく。君は部屋でおとなしくしていろ。決してしゃしゃり出るような真似はするな、成り上がりの聖女だとまた悪評が立ったら、俺の面目に関わるからな』

そして、十八歳のあの瞬間に戻ったのだ。

三度目と四度目の人生では、セシリアは全力でエンヤード王国とオルバンス帝国の戦争を阻止しようとした。ところが反対すれば反対するほど、火に油を注ぐように、エヴァンは戦争時期を早めてしまう。そして、二度目よりもさらに若くして亡くなるという、さんざんな結果に終わった。

四度目の人生でエヴァンが亡くなった後、セシリアはマーガレットにひどく責め立てられた。

『歴代の聖女を王妃に迎えた王は、長命だったと聞くわ！　あなたが偽物の聖女だから、国王陛下は若くしてお亡くなりになってしまったのよ！』

聖女の証は、もちろん細工したわけではない。青い聖杯の印が左手首にある限り、セシリアは間違いなくダリス神に選ばれた聖女なのだろう。

それならどうして、ダリス神の加護で、エヴァンを守ることができないのか。

五度目の人生、セシリアはまず、聖女である自分を伴侶にしておきながらエヴァンが若くして死んでしまう理由を探ることから始めた。

エンヤード城内にある図書館で文献をあさり、歴代の聖女を娶《めと》った王について調べる日々。やはり伝承の通り、聖女を王妃とした王は揃って長寿だった。

だがただひとり、聖女を伴侶としながら若くして亡くなった王が、およそ四百年前に存在していたことが発覚する。

その王は女好きで、妻を蔑ろにして夜な夜な淫らな宴に興じていたらしい。

文献によると、それが原因でダリス神の怒りを買ったのだろうと考察されていた。

聖女はダリス神の使い。

聖女を蔑ろにすることは、ダリス神を蔑ろにするも同然であり、神への冒涜《ぼうとく》ととらえられる。そしてダリス神を裏切った王は、破滅の一途をたどるのだ。

（エヴァン様と一緒だわ）

エヴァンもセシリアを蔑ろにして、ほかの女性ばかりを抱いていた。そのためダリス神の怒りを買ったのだろう。

真相を知ったセシリアは、心から反省する。

（私がちゃんとエヴァン様の御心をつなぎとめていれば、不貞など働かれなかったでしょうに。すべては私の責任だわ）

虐げられて育ち魔法も使えないセシリアは、自分に自信がない。そのためエヴァンが若くして死んでしまうのは自分のせいなのだと、強く思い込むようになった。

エヴァンの命を救うためにセシリアがすべきなのは、戦争を止めることではなく、彼に愛されるよう尽力することだったのだ。

それからセシリアは、エヴァンに愛されるために、懸命に努力を重ねる。

五度目のその人生では、彼の役に立とうと心に決めた。

あらゆる賢人に倣い、政策に関する知識を蓄え、疎まれながらも議会にも参加して、積極的に政務に励んだ。

もしものときはエヴァンを守れるよう、武術も学んだ。結果、並みの男であれば易々と倒せるくらいまで上達する。

ところがエヴァンに愛されるどころか、彼との距離はますます開くばかり。

そして二十五歳のとき、やはりエヴァンはオルバンス帝国に戦いを挑み、命を落とした。

六度目の人生では、魔法が使えるようになるために、厳しい魔法修行の旅に出た。

絶え間ない努力の末、魔法の知識がかなり深まる。

とはいえどんなに修行を積んでも、セシリアは目に見える魔法を使えるようにはならなかった。簡単な火起こし魔法ですら使えず、ずいぶん落ち込んだものだ。

修行に出ている期間が長かったので、この人生ではあまりエヴァンと関わる機会がなかった。それなのに、どういうわけか彼のオルバンス帝国への侵攻は防げた。

だが喜んだのもつかの間、エヴァンは二十七歳のときに疫病で死んでしまう。

七度目の人生では、自分の容姿を磨くことに専念した。どうにか金銭をやりくりして、マーガレットのような派手なドレスを着るよう心がける。美容に関する本を読みあさり、化粧品や美容液の知識も豊富になった。

それなのにエヴァンの反応は、『下品な格好だ』『聖女のくせに男でもたぶらかすつもりか』とさんざんで、これまでで一番毛嫌いされてしまう。

オルバンス帝国との戦争は防げたが、エヴァンは二十八歳でまたもや疫病に命を奪われた。

エヴァンの命を救うことはできなかったが、セシリアはこれまでのループ人生で、オルバンス帝国との戦争を防ぐ手立てを学んだ。

エヴァンが戦争を仕掛けた二度目から五度目の人生では、セシリアは積極的に彼と関わりを持った。そうするとなぜか、エヴァンは戦争を始めてしまう。

一方、魔法修行で接する機会の少なかった六度目、そして自分磨きに必死で彼をおざなりにしていた七度目、彼は戦争を仕掛けなかった。

つまりどうしてかはわからないが、セシリアが積極的にエヴァンと関わりを持たない方が、彼はおとなしくしているらしい。

今までの経験を踏まえ、挑んだ八度目の人生。

セシリアはエヴァンと関わりを持たないよう注意しながら、未来に流行る疫病に効く新薬を開発した。そして疫病が猛威を振るう前に、ひっそりと薬を広めて疫病を根絶した。

その後は城の地下聖堂で、くる日もくる日も祈りを捧げた。

どうかエヴァン様が早死にしませんようにと、あらん限りの思いを込めて。

そのかいあってか、エヴァンはこれまでの人生で一度も到達できなかった二十九歳の誕生日を迎える。

それなのに、数日後にバルコニーから転落して事故死するなんて……。


（九度目の最後の人生、どうやって生きたらこの方を救えるのかしら）

真昼の渡り廊下で、セシリアは、目の前にいる二十二歳のエヴァンを見つめながら深刻な顔をする。

話しかけているにもかかわらず、先ほどから押し黙っているセシリアに、エヴァンが眉を吊り上げた。

「おい、その無礼な態度はなんだ」

我に返ったセシリアは、エヴァンに向けてにっこりと微笑んだ。

「失礼いたしました。夜会ですが、私はかまいません。どうぞマーガレット様と楽しんできてくださいませ」

夜通し考え事をしたいので、むしろその方が都合がいい。

今までの人生では、エヴァンを死なせてしまったショックから震えてばかりいたが、今回はいよいよ最後。怯《おび》えている場合ではないのだ。

早急に、対策を考えなければならない。

早く立ち去ってほしくてニコニコと微笑み続けていると、エヴァンはなぜかムッとする。

「まるで喜んでいるような顔だな。無礼にもほどがある」

この場面はこれで八度目だが、彼のこんな態度を見るのは初めてだった。

いつもは震えるセシリアを見て、満足げな笑みを浮かべていたのに。

だが余裕のない今、セシリアにとってエヴァンの態度の変化などどうでもよかった。

だから優雅に礼をし、九度目の人生計画を考えるため、逃げるようにその場を後にしたのである。

二章　婚約破棄しかない

セシリアはその足で、自室に向かった。

必要最小限の家具があるだけの、王太子の婚約者のものとは思えないほど質素な部屋で、ベッドに腰掛け物思いにふける。

（どうしたらいい？　どうやったらエヴァン様を救えるの？）

どんなにがんばっても死んでしまうエヴァン。セシリアにできることはもう残されていない。

それでも、この最後のループ人生で、どうしてもエヴァンを救いたい。

だがどんなに思い悩んでも解決策は見あたらず、セシリアは図書館へ向かった。

広い王城内の忘れられたような場所にある図書館は、蔦《つた》の絡まる石造りの古い建物だ。エンヤード王国最大の蔵書数で、〝知識の泉〟という異名を持つ。

セシリアは、これまでのループ人生で、何度もここを訪れ大事な知識を得た。

時空魔法について知ったのも、エヴァンが死んでしまうのは聖女であるセシリアを蔑ろにしているからだと気づいたのも、美容や薬学の知識を得たのも、すべてここだ。

年季の入った本を書架から取り出し、机の上でため息をつきながらめくる。

エンヤード王国の歴代の王について書かれたこの文献には、ループ人生で繰り返し目を通してきたため、今では諳《そら》んじられるレベルである。

「はあ……。まったくいい案が思い浮かばないわ」

思わず独り言を言ったとき、「これはこれは、セシリア様」というしわがれた声がした。

白くて長い髭《ひげ》を生やし、深緑色のローブを羽織った老人が、机の向かいでニコニコと微笑んでいる。図書館長のシザースだ。

「なにかお悩みですかな？」

老人の温厚な表情を目にしたとたん、セシリアの心がわずかに和んだ。

セシリアに冷たく接する者が多い中で、この老人はどの人生でも親切だった。こうやって毎回セシリアに声をかけ、悩みを解決する書物をどこからともなく持ってきてくれる。

「その……。私は聖女としてエヴァン殿下にどう接すればいいのか、悩んでいるのです。どうすればお役に立てるのか……」

複雑な悩みを大っぴろげにするわけにもいかず、セシリアはぼかして伝えた。

「ふむ」

するとシザースは、顎髭《あご》をなでながらセシリアをじっと観察する。

それからおもむろに語りだした。

「普通の人生を送る予定でおられたのに、突然聖女になられたのですから、悩まれるのも無理はございません。こんなことを申し上げるのは不敬に思われるかもしれませんが……」

それからシザースは周りに目を配ると、セシリアに小声で告げた。

「聖女は必ずしも、王太子もしくは国王の役に立たなくてもよいのです。そもそも、王室の方のためではなく、この国のために神から遣わされた存在なのですから。気持ちを楽にして、ありのままのあなたでいらっしゃればよい」

セシリアは目を瞬いた。

聖女として生まれ、国王の役に立たなくていいなどと言われたのは、初めてだったからだ。

「本当に、それでいいのですか？」

「はい。聖女を伴侶にすると国王は長生きし、国も栄えたという歴史から、セシリア様は同じ年頃の王太子殿下の婚約者に指名されましたが、それは人間が勝手に決めたこと。本来、聖女は正妃である必要はないのです。そうお考えになったら、少しは重圧を感じずに済むのではないでしょうか」

「聖女は、正妃である必要はない……？」

放心状態で、セシリアはその言葉を反芻《はんすう》した。

考えてみれば、長い歴史の中で、たしかに聖女が正妃ではない御代もあった。

現に今がそうだ。セシリアの前の聖女は八年前まで存命していたエヴァンの祖母、つまり現国王の母であり、王妃は聖女ではない。それでも現国王は五十歳を過ぎているし、国も平和に統治されている。

要は、セシリアが新たな聖女となったときたまたま年の近い王太子がいたから、ダリス神の恩恵にあやかろうと婚約者にさせられただけの話なのだ。

（そうだわ……！）

セシリアは目を輝かせた。

これ以上ないほどの解決策を見つけて、モヤモヤとしていた気持ちが、あっという間に晴れていく。

そもそもセシリアとエヴァンが結婚しなければ、問題は起こらないのだ。

聖女であっても、神の御前で結婚、ならびに婚約を誓った仲でないなら、エヴァンはセシリアを愛さなくても神の怒りに触れないからだ。

セシリアを伴侶にしなくとも、平均寿命ぐらいまでは生きるだろう。

少なくとも、セシリアと結婚するよりは長生きするに違いない。

「シザース様、ありがとうございます！」

セシリアは喜び勇んで図書館を出た。

（エヴァン様のお命を救うためには、婚約を解消すればいいのよ！　どうしてこんな簡単なことに今まで気づかなかったのかしら。エヴァン様はあれほど私のことを嫌っていらっしゃるのだから、すぐに了承してくださるはず）

この時間、エヴァンは剣の稽古中だ。

セシリアははやる気持ちを抑えて訓練所に行き、鉄門の脇でエヴァンを待ち伏せた。

小一時間ほどして、従者を従えたエヴァンが鉄門から出てくる。

「エヴァン殿下」

声をかけると、エヴァンが驚いたようにセシリアを見た。

「大事なお話があって参りました」

怪訝《けげん》そうに眉を寄せるエヴァン。あきらかに歓迎されている空気ではない。

だが、ここで彼を取り逃がすわけにはいかない。

セシリアは真摯な気持ちを瞳に込め、「人払いをしてくださいませんか？」と申し出た。

エヴァンは逡巡《しゅんじゅん》するような表情を見せたものの、背後にいた従者に下がるよう命じる。

従者が姿を消したところで、セシリアはこらえきれず、がしっとエヴァンの両手を握った。

「な……っ！」

困惑したように、彼が一歩退《しりぞ》く。

（そういえば、エヴァン様に触れたのはこれが初めてだわ）

八度も人生をともに過ごし結婚までしたのに、手にすら触れられたことがなかったなど、今さらながらあきれる。ショックを通り越して、自嘲的な笑みがこぼれた。

（私って、相当嫌われているのね。ほんの少し触れた今ですら、表情を険しくされているもの。だけどこれほど嫌われているのなら、婚約破棄の話も持ちかけやすいわ）

「無礼を承知で申し上げます。どうか、私との婚約を解消してくださいませ」

エヴァンの表情が石のように凍りついた。顔色が、みるみる白くなっていく。

時が止まったかのような長い間の後で、エヴァンが唸《うな》るような声で言った。

「ふざけているのか？」

「ふざけてなどいません、本気でございます。聖女といえども役立たずの私は、王妃にはふさわしくありません。エヴァン殿下もそれは重々承知していらっしゃることと思います。どうか国王陛下とかけ合って、婚約を破棄してはいただけないでしょうか？」

すると。

——バシッ！

自分の手を握っていたセシリアの手を、エヴァンが乱暴に振り払った。

「俺と君の婚約は、神聖なる儀式で誓ったことだ。それを破棄など、神への冒涜に値する。それでも破棄するというなら、不敬罪で君を投獄するぞ」

目尻を吊り上げたエヴァンは、あからさまに怒っていた。

ふたつ返事で婚約解消を承諾してくれるとばかり思っていたセシリアは、狐《きつね》につままれたような心地になる。

（うっかりしていたわ。エヴァン様は、信仰心がお強いのよ）

信仰心が強いのに、聖女であるセシリアを愛せないがために神から見放されるなど、なおさら気の毒だ。

セシリアはぐっと歯を食いしばる。

「かまいません、婚約破棄した後で私を投獄してください」

「話にならんな。役に立たないとは思っていたが、加えてこれほど無能とは」

苛立った顔をしているエヴァンは、セシリアがなにを言っても取り合うつもりはないようだ。たまらなくなったセシリアは、つい本音を漏らしてしまう。

「私は、あなたをお救いしたいのです……っ！」

「なにを言っている？　君は聖女なのだから、俺の妻となって神の加護のもとにこの身を救えばよいだろう？　これ以上は話しても無駄だ」

エヴァンは不機嫌な口調で言い放つと、顎をしゃくって、木陰に控えていた従者に合図を送った。

すぐに従者がふたりの間に割り込んできて、セシリアがこれ以上エヴァンに近づかないよう圧をかけてくる。

「エヴァン殿下……っ！」

必死の叫びも虚しく、エヴァンはセシリアに背中を向けたまま、城の方へと姿を消した。

その日の夜。

セシリアは自室の出窓に頬杖をつきながら、またもや物思いにふけっていた。

夜会が開かれている祝宴の間から、軽快な管弦楽の音色や人々の上品な笑い声が絶えず響いている。

きっと今頃、エヴァンもマーガレットとダンスを楽しんでいるのだろう。

（婚約破棄はできないとなると、どうすればいいの？）

セシリアは大きくため息をついた。

窓辺に生けたシロツメクサの花が、夜風に揺れている。

たしか、セシリアが昨日の昼に手ずから摘んだものだ。

初めて会った日、セシリアの花冠のシロツメクサをひとつちぎって、自らの紐ボタンに結わえたエヴァンの姿を思い出す。

気品あふれる笑顔に、優しい眼差《まなざ》し。

エヴァンはダリス教に聖人はいないと言ったが、セシリアにとっては聖人以外の何者でもなかった。

あのときのことを思い出すと、今でも胸が温かくなる。

セシリアの大事な初恋――。

(やはり、この命に代えてもエヴァン様をお救いしないと)

セシリアは気持ちを新たにして、別の方法を考えることにした。

エヴァンはなにがなんでもセシリアと結婚するつもりのようだ。

それは、セシリアが聖女だからにほかならない。

それなら。

(私が聖女でなくなればいいだけの話だわ)

そのとき、セシリアの脳裏に、稲妻のように過去の記憶がよみがえる。

あれはたしか、六度目の人生のときだった。

魔法修行に出たセシリアは、山奥の、魔導士ばかりが集う魔法城に滞在したことがある。

おどろおどろしいその魔法城には、禁断の書が眠る書庫があった。

禁断の手を用いてでも魔法が使えるようになりたい一心で、セシリアは書庫の本を読みあさったことがある。

そして、エンヤード王国の黒歴史が記載された本に、気になる記述を見つけたのだ。

かつて、国王との婚約中に不貞を働き、聖杯の痣が消えた聖女がいたらしい。

婚約の儀は、ダリス神に婚約を誓う神聖な儀式。

不貞を働いたら、神への冒涜とみなされ、聖女からただの女へと落とされるようだ。

そして伝聖が起こり、別の者が聖女に選ばれる。

（そうよ、不貞を働けばいいのよ！）

思いきった方法ではあるが、もうこの道しか残されていない。

（で、でもそれって、エヴァン様以外の誰かとその、ああいうことをするということよね……）

十代から二十代の間だけではあるが、何度も人生を繰り返しているセシリアには、当然そういった知識はある。だが、ただの一度も経験がなかった。

いつかはエヴァンに触れてもらう日を夢見た頃もあったが、今は遠い昔に感じる。

それでも、エヴァンを助けたい。

セシリアは自らの左手首に浮き出た、聖杯をかたどった青痣を見つめた。

この聖女の証に、もはや未練などない。

誇りだったこともあるが、そんな気持ちはとうの昔についえた。

自身の操《みさお》へのこだわりも、人生九度目ともなれば、もはやないに等しい。

そんなものでエヴァンの命を救えるなら本望だ。

不貞という大罪を犯すのだから処刑はまぬがれないだろうが、かまわないと思った。

そこでセシリアは、大事なことに気づく。

「でも、誰に抱かれればいいの？」

幸いにも今宵は夜会で、いつもは閉ざされている正門が開放されていた。

祝宴の間から流れてくる音楽のせいか、門兵たちもどこかしら浮ついていて、楽しげに話し込んでいる。

（今だわ）

地味なダークネイビーのワンピースドレス姿のセシリアは、門兵たちが見ていない隙にすばやく正門を抜けた。そのまま丘を下り、王都に向かう。

中心部にある大広場では、アコーディオンの演奏に合わせ、人々が楽しそうにダンスを踊っていた。

レモネードや焼きトウモロコシなどの露店も並んでいて、賑《にぎ》やかな雰囲気だ。

「今夜はお祭りなのですか？」

セシリアは、噴水脇に座っている老人にそれとなく聞いてみた。

「ああ。月に一度の豊作祭りさ」

パイプの煙をくゆらせながら、老人が答える。

近くでアコーディオンの音色に合わせて手拍子を叩いていた中年女性が、話に加わってきた。

「あんた、見かけない娘だね。どこから来たんだい？」

「ええと、外国から引っ越してきたばかりなんです」

答えを用意していなかったセシリアは、とっさに適当な嘘《うそ》を口にした。

すると、中年女性が納得するように大きくうなずく。

「なるほど。似たような話をこの間も耳にしたけど、本当だったんだねぇ。なんでも、今の王太子様の婚約者は聖女様だろ？　結婚なさるまであと二年だ。我がエンヤード王国は、聖女が王妃の御代は国が栄えるって噂なものだから、オルバンス帝国を恐れている国からの移住者が絶えないらしいね。オルバンス帝国が攻めてきたら、力のない国はあっという間につぶされちまうから」

パイプを咥《くわ》えている老人が、中年女性の言葉にしかめ面で相づちを打っている。

「オルバンス帝国は、強大なくせに友好国をつくろうとしない意固地な国さ。国外からの移住も簡単には許可しないらしい。そのうえ皇太子のデズモンドは、今の皇帝よりもさらに凶暴ときた。だから今のうちに、あの国の脅威に怯えないでいられる住処《すみか》を誰もが求めているんだろう。あんたもその類《たぐい》だろ？」

セシリアは複雑な思いを抱きながら、こくこくとうなずいた。

まさか諸外国からも信頼を寄せられているその聖女が、目の前にいる地味な娘で、さらには城で役立たずと罵られている実情など、彼らは知る由もないだろう。

(皇帝デズモンド。恐ろしい男だわ)

デズモンドの即位はまだ先だから、たしかにこの頃はまだ皇太子だ。

彼にエヴァンを四回も殺された過去を思い出し、セシリアはぞくっとする。

今回の人生でも、エヴァンが彼に殺される可能性は充分にある。

とにかく、なるべく早くにセシリア以外の誰かが聖女になった方がいい。

そのためにわざわざ城を抜け出し、町娘のフリをして、不貞相手探しに乗り出したのだ。

(できればすぐに、この国から出ていってくれるような相手がいいわ。事が終わった後、いなくなっていれば、不貞が明るみになってもその方には迷惑をかけないもの。そうね、外国からの旅人なんか最高だわ)

善は急げとばかりに、セシリアは老人に問いかける。

「おじいさん、宿屋のある場所を教えてくださいませんか?」

それから数刻後。

「ふふふ、楽しいー。お祭りっていいれすねぇ」

宿屋街にある酒場で、セシリアはゴブレットを片手にすっかり酔っ払っていた。

「私、お祭りって初めて来たんれす〜。いつもやることがいっぱいで、遊んでいる暇なんかなかったんれすよね〜。何度も人生をやり直してるのにお祭りも知らないなんて、かわいそうだと思いませんかぁ〜？」

そんなセシリアを、カウンターの向かいから、店主の中年男が心配そうに見ている。

「おいおい、お嬢ちゃん、大丈夫かい？　言っていることが滅茶苦茶じゃないか。ていうか、ラム酒数口でそんなに酔える奴も珍しいな」

「そうなんれすか〜？　ふふ、それにしてもお酒がこんなにいいものだとは思いませんでした。もっと早くに飲めばよかった〜」

セシリアが、こうしてべろんべろんに酔ってしまったのにはわけがある。

広場で老人に宿屋街を尋ね、行ってはみたものの、なにも行動できなかったのだ。

旅人と思しき男は、老いも若きもたくさんいた。だがそもそも、セシリアは無駄に人生経験があるにもかかわらず、男を誘う手管というものを心得ていない。

政治学、魔法学、薬学――エヴァンを救うためにさまざまな知識を身につけたが、そっち方面に関してはからきしだめだった。

魅力的な女性になってエヴァンをなびこうとした七度目の人生で娼婦《しょうふ》にノウハウを聞きはしたが、知識を得ただけであって行動には移せず終わったのだ。

つまり、見ず知らずの男に声をかけて閨事《ねやごと》を持ちかけるなど、処女で奥手のセシリアにはハードルが高すぎたのである。

しかも、エヴァンを救うための最終手段だとしても、セシリアが今からしようとしていることは神を裏切る重罪。怖気づかないわけがない。

困り果てたセシリアは、何度目かの人生で、誰だったか『酒を飲むと頭がぼうっとして、怖いものがなくなる』と言っていたのを思い出す。

そうだ、お酒の力を借りよう――そう思い立って酒場に入り、今に至った。

自分がめっぽう酒に弱いのは誤算だった。だが聖女として繰り返した人生、セシリアは酒など一滴も飲んだことがなかったから、知る由もなかったのである。

「世の中にはこ～んなにも楽しいことがあるのに、私はいったいなにをしていたのでしょう？　努力したことは、全部無駄になっちゃったし……」

上機嫌になった後は、急に泣きたい気持ちになり、グスッと洟《はな》をすすり上げる。

もはや酒に支配され、ワンナイトの相手を探す本来の目的などすっかり忘れていた。

「今度は泣き上戸かい？　こいつは困ったな」

店主が困り果てたように肩をすくめる。

そのとき、真うしろにいる男たちの会話が、セシリアの耳に飛び込んできた。

「ほら、約束の物だぜ」

「おおっ！　これが、名剣と名高い魔法剣ルキウスなんだね！」

「ああ、とある貴族の宝物庫から発掘した代物だ。生きている間にお目にかかれただけで奇跡と言ってもいい一級品だぜ。お客さん、運がいいよ」

「噂通りダリア石がふんだんに装飾されていて、なんて美しいんだ……！　惚《ほ》れ惚《ぼ》れするよ。鑑定書はあるのかい？」

どうやら、古物商と客が商談をしているようだ。

振り返ると、妖しいフードマントの男と、派手な身なりの太った男がいる。

酔っ払っているせいで顔がはっきり見えないものの、セシリアはその会話の違和感にすぐに気づいた。

魔法剣ルキウスは、魔力を宿した道具である魔道具の一種で、古代より伝わる伝説の剣である。

火・水・風・土。すべての物理魔法を格段に上昇させる、この世にふたつとない剣だった。紫色に輝くダリア石という魔石が、柄の部分にびっしりとはめ込まれているのが特徴だ。

いにしえの頃は諸国の発展にひと役買ったと聞くが、悪用された事件を機に、今はエンヤード王国にある魔法城の奥深くに保管されている。だが巷《ちまた》では行方《ゆくえ》知れずという扱いになっていて、正確な行方はほとんど知られていない。

セシリアは六度目の人生で魔法城に滞在した際、本物のルキウスを見た。そこにあるだけで圧倒されるような、見るも神々しい剣だった。間違っても、フードマントの男が自慢げにかざしているような安っぽい代物ではない。

だが太った男は、彼の話をすっかり信じ込んでいる。体中を金や宝石でごてごてと着飾っており、金目の物には目がないようだが、見るからにセンスが感じられない。

「鑑定書？　もちろんだ、ほら」

フードマントの男が、いかにもといった年季の入った紙を広げてみせる。

太った男が目を輝かせた。

「本当だ、鑑定協会の承認印が押されている。ボクの目に狂いはない。これは本物のルキウスだ！　頼む、売ってくれ！　ルキウスを手にする日を、ずっと夢見ていたんだ」

「そうだな。四万ガッシュでなら考えてやろう」

(四万ガッシュですって?)

四万ガッシュというと、立派な部類の貴族の邸宅を買える額である。

たしかに高額だが、本物のルキウスなら入手は不可能だろう。客が手を出せる範囲の高額な値をふっかけるのは、詐欺師が偽物を売りつける際の常套《じょうとう》手段だ。

「さすがは伝説の剣、安くはないね。だがこのボクに出せない額ではないよ!」

(いやいや、ちょっと待って! ルキウスがこんなところにあるわけないでしょ!)

脱走中の身ゆえ目立ちたくないセシリアだが、酒が回っているせいか動かずにはいられなかった。

「お待ちください〜。その鑑定書は、本物なのれすかぁ?」

突如話に割り込んできた見ず知らずの酔っ払い女に、フードマントの男が怪訝な目を向ける。

「なんだ、この女」

セシリアは、手にしたゴブレットの中に軽く指先を浸した。

酒のついた指で鑑定書の承認印に触れると、臙脂《えんじ》色のインクが瞬く間に滲《にじ》む。

「おい、どうしてくれるんだ! 鑑定書が台なしになったじゃねえか!」

フードマントの男が怒声をあげた。

酔っているセシリアは、物怖じすることなく六度目の人生で得た知識を口にする。

「魔道具の鑑定書の承認印には、魔力が込められています。水分で滲むなどありえないし、鑑定書がちぎられても、承認印だけが剥離して残るよう魔法がかけられています。これは偽物れすね～。それに――」

セシリアは今度は、偽物のルキウスの柄に、フーッと息を吹きかける。

「ほら、曇ったでしょう? 魔石は魔力以外の刺激には反応しません。これはダリア石どころか、魔石ですらありません～」

この知識については、六度目ではなく七度目の人生で学んだ。

見栄えをよくしてエヴァンを振り向かせるために、自分に似合う宝石を必死に勉強したときだ。

結果エヴァンにはますます嫌悪されたが、宝石を含めた装飾品の知識だけが深まったのは皮肉な話である。

フードマントの男が押し黙る。

セシリアのうんちく話に皆が聞き耳を立てているようで、店内は水を打ったように静まり返っていた。

そこで、予想外の事態が起こる。

――ガタッ！

古物商らしきフードマントの男ではなく、詐欺話をふっかけられた太った客の方が立ち上がり、セシリアの胸倉をつかみ上げたのである。

「きゃっ！」

突然のことにセシリアは驚いたものの、酔いが醒める気配はない。

むしろ頭をグラグラ揺さぶられて、より酩酊《めいてい》していった。

「このボクが本物と認めたんだ！　小娘の分際でナマイキだぞ！」

（えぇっ？　どうして助けようとしたこの人に怒られてるの？）

どうやら、小娘ごときに自分の発言を覆されるのが許せない、器が小さい男だったらしい。

そもそものセンスのない身なりからして、小物だと早めに気づけばよかった！

だが、すでにもう後の祭り。

「フンッ！」

――ドンッ！

太ったその男に、セシリアはいともたやすく投げ飛ばされる。

背後にあった椅子やテーブルもろとも、豪快な音を立てて床に倒れ込んだ。

「うわぁぁっ！」

客たちが悲鳴をあげ、店の外に逃げていく。

背中に痛みを覚えつつも、セシリアがどうにか体を起こそうとしたとき、先ほどの客がセシリアめがけて真っ向から突進してきた。

センスがない小物のうえに、キレやすい性格らしい。

（本当に、最悪。余計なことをしなければよかった）

よかれと思ってやったことが裏目に出た経験は、これまで何度もある。

自分のふがいなさにうんざりしつつ千鳥足で立ち上がると、セシリアは無意識のうちに構えの姿勢を取っていた。

そして、猪《いのしし》のごとく迫ってきた男の肩をつかみ、腹の下を蹴り上げて、くるりと後方に投げ飛ばしたのである。

武術を学んだのは、何度目の人生だったか。

酩酊した頭では、はっきりとは思い出せない。

努力を重ね、無駄に知識や力をつけはしたが、エヴァンは絶対にセシリアを愛さなかった。

男を投げ飛ばした後、なぜか感傷的な気持ちになり、目から涙がほろりとこぼれ落ちる。投げ飛ばした男が倒れ込む音が、ドンガラガッシャンと響き渡った。

「こんのぉ〜！　ボクを誰だと思ってる〜っ！　アルギルド商会の次期後継者、目ききのチャド様だぞ〜！」

火山が噴火するがごとく、怒りを爆発させる男。

だが動き回ったせいで完全に酔いの回ったセシリアは、もはや目すら開けていられない状況だった。

急速に眠気が襲ってきて膝から崩れ落ちたとき、ふいに視界が陰る。

ふわっと体全体が温もりに包まれた。

「そこまでにしろ」

直後に耳朶《じだ》を打った、初めて聞く男の声。

「無抵抗の者に暴力を振るうなど、恥を知れ」

殺伐とした口調ながらも、低くて耳心地のよいその声に、こんな状況だというのに聞き惚れてしまう。

（誰かが守ってくださったのね。他人に守られるなんて、いつぶりかしら？）

おそらく、子どもの頃にティーパーティーでエヴァンに声をかけられて以来だ。

実家で暮らしていた頃も、城で暮らすようになってからも、セシリアを正々堂々と守ってくれる人はいなかった。

（あったかい）

仔猫が親猫の体温を求めるように、セシリアは自然と大きな温もりに身を委ねる。

そしてあっという間に意識を手放した。


目を開けると、見知らぬ部屋のベッドに横になっていた。

（ここはどこ？）

たしか宿屋街の酒場で酔いつぶれ、ひと悶着《もんちゃく》を起こしたはず。

体を起こしたものの、グワングワンと視界が回って定まらない。

どうやら、酒がまだ残っているらしい。

「目が覚めたか」

すると、部屋の隅から男の声がした。覚えのある声だった。

長椅子に腰掛け、腕を組みながら、じっとこちらを見ているようだ。

（この方は、たぶん私を助けてくださった人ね）

「あなたが私をここに運んでくださったのですか？」

「ああ。倒れた人間を放っておくわけにもいかないからな」

いまだ酩酊している状態では、彼の顔がよくわからない。

それでもセシリアは、その話し方や落ち着いた雰囲気から、彼が良識のある人間だということを感じ取った。

「ご迷惑をおかけして、申し訳ございません」

「気にするな。たいしたことではない」

男はセシリアの心を落ち着かせる、おおらかなものの言い方をする。

(こんな男の人も、世の中にはいたのね)

そこにいるだけでこの身を包まれているような、底知れない懐の深さを感じた。

人より余分に人生経験を積んでいるセシリアでも、まだ会ったことのないタイプの人間がいたようだ。

「ところで、ここはどこですか?」

「俺の今夜の宿だ。先ほどの酒場の二階にある」

「ということは、あなたは旅の方なのですか?」

「そうだ。旅をするならこの国がいいと友人に言われてな」

なにかが胸に引っかかったが、酔っ払った頭では、その理由を思い出せない。

「それにしても」

胸に妙なモヤモヤを抱えていると、彼が立ち上がり、こちらに近づいてきた。

今までは座っていたので気づかなかったが、思った以上に背の高い人のようだ。

「酒場で話を聞いていたが、君の才識には驚かされたよ」

「そうでしょうか？　たしかに知識量は多いと思いますけれど、役に立たないことばかりで」

「それは考え方次第だろう。少なくとも俺には、そうは思えなかった。おまけにあの巨体を投げ飛ばすんだからな。どこであんな芸当を覚えた？　あれには度肝を抜かれたな」

あのときのことを思い出すように、男が軽く笑う。からかっているのではない、純粋に楽しんでいるような笑い方だった。

不思議とセシリアの心も和む。

「この国には、君のような女がたくさんいるのか？　俺の国では考えられないな。女はたいてい無知で、男にかわいがってもらうのが自分の仕事だと思っている」

(私も、できればそんな生き方をしたかった)

だけど無理だった。

どんなにがんばっても、セシリアはエヴァンにかわいがられるような女にはなれなかった。

そこでセシリアは、弾かれたように顔を上げる。

酔っ払って忘れかけていたが、城を抜け出してきた本来の目的を、とっさに思い出したからだ。

(そうだ、こんなことをしている場合じゃないわ。抱いてくれる男の人を探さなきゃ)

侍女にも相手にされていないので、城を脱走したことは、夜のうちには気づかれないだろう。だがもたもたして朝を迎えてしまっては大問題だ。さすがに気づかれてしまう。

焦ったセシリアは急いで立ち上がったが、酔っているせいで足がふらつき、前につんのめった。

倒れかけたセシリアの体を、男が腕を伸ばして受け止める。

「大丈夫か?」

がっちりとした腕に包まれていると、また不思議な安心感を覚えた。

会ったばかりの人にこんなにも心を和まされるなど、自分はどうかしてしまったのだろうか?

「よかったら家まで送ろう。この国の地理は詳しくないが、案内してくれたらどうにかなる」

すぐ耳もとで男らしい声がして、セシリアはピクッと肩を揺らした。

今目の前に、男という生き物がいることを思い出したのだ。

それも、後腐れのない、外国からの旅行者。

聖女の証を消してくれる、理想の相手——。

「あの……お願いがございます」

男の腕の中で、セシリアは声を振り絞った。

「どうした？」

「私を、抱いてくれないでしょうか？」

一瞬で、男の体が硬直した。

しばしの沈黙の後、男が困惑気味に言う。

「……すまない。よく聞こえなかったのだが」

「私を抱いてくださいと言ったのです」

今度は、より長尺の沈黙が訪れる。

「……どういう意味で言っている？」

「体の関係を持ちたいという意味で言っています」

酔いに任せてはっきり言いきると、男が呆気に取られたようにセシリアを見つめた。

「この国の女は、行動力まであるのか？　まあ、我が国にもそういう女はいるが……。君は、俺の素性を知っているのか？」

『いいえ』と答えようとして、セシリアは思い直す。仮にも会った当日に一線を越えようとしているのだ。素性も知らないなど、誰でもいいかのようで失礼ではないだろうか？

「その、ええと……」

セシリアは、ぼんやりと視線を上げた。

男の素性を予想するために顔を見定めようとしたが、酩酊した頭ではやはり視界がはっきりしない。

顔の輪郭と黒髪が、かろうじて認識できただけだった。

それから、上着のボタンに彫り込まれた斧《おの》の模様。

セシリアは、瞳をわずかに輝かせた。

「あなたは、木こりですね？」

斧といえば、木こりである。なんだかものすごく見覚えのある模様のような気もするが、酩酊した頭では思い出せるはずもなかった。

するとと男が、片手で口もとを押さえる。どうやら笑っているようだ。

「なにがおかしいのですか？」

「いいや。新鮮でおもしろかっただけだ。いいな、木こりか。彼らのおかげで家があり、町がある。俺は常日頃から彼らに感謝しているし、尊敬もしている」

（どうやら当たったようね）

セシリアがホッと胸をなで下ろしていると、男がより顔を近づける気配がした。

「君はなぜ木こりに抱かれたい？　察するに、娼婦ではないだろう？」

「それは――」

聖女の証を消してもらうためとは決して口にできず、セシリアはぼやっとした頭を巡らせる。

ほかの男ではだめで、彼ならいいと思った理由はなにか。

「それは、あなたが先ほど私を助けてくれたからです。あなたになら、抱かれたいと思いました」

気づけば、今までのつらい日々を走馬灯のように思い出していた。

婚約者に面と向かってけなされても、あざ笑われても、露骨に浮気をされても、嘲笑する者はいたが守ってくれる者はいなかった。

たとえ一夜限りの相手でも、人を思いやれる、温もりを持った男性の方がいい。

「大丈夫です。今後は、なにがあろうと私があなたをお守りします」

(抱かれたら最後、いっさい関わらないことで、必ずご迷惑はおかけしません)

強い決意を目に宿せば、驚いたような間の後で、男がフッと息だけで笑った。

「君が俺を守る？　それは新鮮な響きだ」

そう答えた男の声は、やはりどこか楽しそうだ。

「それに奇遇だな。俺も、酒場で飲んでいたときからずっと君のことが気になっていた。自分でも驚くほどに」

セシリアを抱く男の腕に、力がこもる。

男の胸の中は、シトラスと土埃《つちぼこり》と日の光を混ぜたような匂いがした。

くらりとするような大人の男の香りに、妙な心地になる。

「こんなつもりはまったくなかったが、既成事実をつくるのも悪くない」

男の香りが濃くなるにつれ、セシリアの心臓が割れんばかりに鼓動を速める。

これまでの人生、誰かとこれほど身を寄せ合った経験はない。

体の密着度から、男がこれから本気でセシリアを抱くつもりなのだということが伝わってきた。

男の手が、セシリアの顎にかかる。

相変わらず顔はぼやけているが、その瞳が、真昼の空のように澄んだ水色なのだけはわかった。

獣が獲物を捕食するときのような、ひたむきな眼差しをしている。

(私、これからこの人に、本当に抱かれるんだわ)

そう感じたとき、ドクンとひときわ大きく心臓が跳ねた。

今さらのように、恐怖が迫り上がってくる。

「その……。私、初めてで」

「俺も初めてだ」

「え……？」

(ああ、そうなのね。きっと、性格はいいのに見かけが悪くてモテないのだわ。こんな惨めな女を喜んで抱いてくれるような人なのだもの)

胸の内で勝手に解釈して、男に同情してしまった。

「名前は？」

「それは申せません」

「そうか、まあいい」

男はつぶやくように言うと、セシリアの体をいとも簡単に横抱きにし、再びベッドに横たえた。

「――責任は取ってやる」

唇が重なる寸前、そう告げられた気がしたが、おそらく聞き間違いだろう。

自分の心臓の音がやたらうるさくて、セシリアには、男の声などろくに聞こえていなかったのだから。

翌朝。

(本当にやってしまった)

窓から朝日が差し込むベッドの上で、セシリアは、真っ白な自分の手首をぼうぜんと見つめていた。

昨夜まであった聖女の証は、跡形もなく消えている。

本当に不貞を働いてしまった。

聖女ではなく、ただの女になってしまった。

(でもこれで、エヴァン様を救うことができたのね)

今頃は、この国のどこかの女性の手首に、聖杯をかたどった痣が浮き上がっているだろう。

達成感のような虚無感のような、なんとも言えない感情が込み上げる。

だが、後悔はいっさいなかった。

重だるい体を引きずるようにしてベッドから降りると、脱ぎ捨てていた衣服を身につける。

黒髪の彼はこちらに背を向け、静かな寝息を立てていた。

セシリアには、筋肉質な背中の一部が見えているだけだ。

彫刻のように見事な背筋である。木こりは思った以上に重労働のようだ。

彼には、もう二度と会わないだろう。

どこの誰だか知らないが、一生に一度の相手が彼でよかった。

「さようなら、木こりさん」

セシリアは彼の背中に向かって小声でつぶやくと、部屋を飛び出す。

そして、王都の中心に威風堂々とそびえるエンヤード城に向かって歩き出した。

三章　皇太子デズモンド

窓辺で鳴く小鳥の声で、デズモンドは目を覚ました。
窓から差し込む太陽の光に目を瞠《みは》る。
(こんな時間まで寝ていたのか)
起きたとき、室内が明るいのはいつぶりだろう。
いつもは必ず、まだ世界が宵闇に包まれているうちに目覚めるのに。
(まさか、女を抱いたからか?)
思い出し、昨夜の温もりを追い求めるように、敷布の先に手を伸ばす。
だがそこにあるはずのなめらかな肌は、跡形もなく消えていた。
身を起こし、あたりを見回す。
昨晩剥ぎ取った彼女の衣服も、忽然《こつぜん》と消えていた。
デズモンドの衣服だけが綺麗《きれい》にたたまれ、隅の長椅子に置かれている。
「どこに行った……」
がくぜんとした声が喉から漏れる。

女ひとり消えただけで、こんなにも焦っている自分に驚かされた。

エンヤード王国の王都にある酒場で知り合った彼女は、背中までの波打つ淡いブルーの髪に、エメラルドグリーンの瞳をしていた。

清楚《せいそ》な美しさを引き立てていた、質素なダークネイビーのワンピースドレス。

どちらかというと目立たない雰囲気の女である。

それでも人知れず咲く花のようなその美しさに、カウンターの隅で酒を飲んでいたデズモンドは最初から気づいていた。

だから彼女が大の男ふたりに盾突き、おまけに投げ飛ばしたのを目にしたとき、興味を引かれずにはいられなかったのだ。

その後で、介抱した彼女に抱いてほしいと懇願されたのは、予想外だったが。

(女があんなにいいものだとは思わなかった)

ランプの明かりだけが頼りの薄暗い部屋に浮かび上がる、透き通るような白い肌。

華奢《きゃしゃ》に見えた体は、脱がせてみれば見事な曲線美を描いていて、己の男の本能が火を噴いたのを覚えている。新鮮な経験だった。

やわらかな温もり、恥じらうような甘い声。

(いや、彼女だからよかったのか)

齢二十四にもなって、デズモンドは女を抱いた経験がなかった。

強烈な香水の匂いをまき散らし、したたかな目ですり寄る〝女〟という生き物を、激しく嫌悪していたからだ。

あの無駄にやわらかな体を押しつけられれば、首を刎《は》ねたいほどの殺意すら湧き起こる。

おそらく、過去の苦い経験が影響しているのだろう。

女を抱いて欲を放ちたいなど、思ったためしがない。

側近で友人の魔導士ベンジャミンに言わせれば『医者に見せた方がいいレベルの異常体質』らしいが、不便を覚えたことはない。

だが、今ならベンジャミンの言い分も理解できる。

一度抱いてしまったら、あれはたしかに病みつきになる。

今まで飽くほど言い寄られてきたが、その気になったのは初めてだ。

そばにいると、嫌悪感を抱くどころか、安心感を得られる不思議な女だった。才識がありながらデズモンドを木こりと勘違いしている間抜けさすら、愛しく感じた。

それは、彼女がほかの女たちのようにデズモンドの地位に惹《ひ》かれているのではなく、人間性を欲してくれている証拠でもある。

『今後は、なにがあろうと私があなたをお守りします』

それから、強い意志を宿したあのエメラルドグリーンの瞳。

あれがきっと、決定打だったのだと思う。

大帝国の皇太子という立場にいるデズモンドには、他人に守られるという概念が存在しない。強く生まれた自分は守る側の人間だと、無意識に自覚せざるをえなかったのだ。

来年には父の跡を継ぎ、即位する身。

今後はよりいっそう身を引きしめて、大帝国を守っていかねばならない。

周りも当然のようにそれを求めてきたし、自分でも信じて疑わなかった。

だから自分の概念が、百八十度ひっくり返ったような感覚になったのだ。

（誰かに守られるというのも悪くない）

その瞬間デズモンドは、大帝国の皇帝に即位する栄誉に対し、自分がひそかに重責を感じていたのを知った。

（一生を添い遂げるなら、あの女がいい）

自分はずっと、気が遠くなるほど長い間、ああいう女を求めていたのだ。

他人には決して弱みを見せることのできない自分の、唯一無二の心の安らぎとなるような女を。

デズモンドは、彼女が寝ていた敷布にそっと触れる。

まだ微《かす》かに温もりが残っていた。

彼女の残滓《ざんし》を優しくなで、スカイブルーの瞳に力を込めてつぶやく。

「待っていろ。必ず見つけ出す」


デズモンド・カルディアン・オルバンスは、大陸一の規模を誇るオルバンス帝国の皇太子だ。母違いの姉と兄がいるが、姉は国内の高位貴族にすでに嫁いでおり、兄は政治の才を示さず、デズモンドは最年少でありながら次期後継者に任命された。

番狂わせの皇位継承は、彼が十五に満たない頃から戦場に出ていたことに発する。剣技と戦略の才を思う存分見せつけた彼は、敵味方双方に強烈な印象を残した。

そのうち、政治の才も発揮する。

二十歳に満たない頃に、王室を悩ませていた民衆のデモを鎮圧したのは有名な話だ。

父がデズモンドの才能に目をつけ、兄を差し置いて次期後継者に任命したのは、三年前のことだった。

そして来年、療養のために退位する父に代わって、デズモンドが皇帝に即位する。

即位後も独身を貫き、後継者づくりは兄に任せるつもりだった。

後宮になど、立ち入るのもごめんだ。

だが。

『皇帝になったら自由に旅行もできないですからね。今のうちに行っておいた方がいいですよ。まずは、エンヤード王国なんかどうです？　王都の神殿にあるダリス神の彫像はかなり見ごたえがありますよ。あとエンヤード王国は酒が美味なので、酒場巡りもおすすめです』

ベンジャミンの軽口に乗って出た旅で、まさか女を抱くとは思ってもいなかった。

デズモンドはベッドから起き上がり、衣服を身につけると、懐から漆黒の魔石を取り出した。彼の手のひらよりもやや小ぶりのそれは、周囲をぐるりと金属で囲むように加工されている。

もとはもうひと回り大きな石だったが、二分割し、片方は彼の側近がペンダントにして肌身離さず持っていた。魔石の力によって、たとえ遠方にいようとやり取りできるようになっている。

デズモンドは魔石を強く握りしめた。

次第に熱がこもり、手のひらごと金色の光に包まれる。

「ベンジャミン、聞こえるか？」

魔石を包む光がより強まった。

《ふわわ～、なんですか？　気持ちよく寝てたのに》

魔石から、ベンジャミンの声がする。

遠くにいても、乱れた銀髪の寝ぼけ眼が目に浮かんだ。

《久々に魔石を使われたかと思えば、こんな早朝からやめてくださいよ。昨日は夜遅くまで、父上に無理やり任された書類を片づけていたんですから。書類仕事ってほんとキライなんです》

これでデズモンドよりも年上なのだから、にわかには信じがたい。

ベンジャミンは、大魔導士であり侯爵でもあるエンリケ・サイクフリートの息子だ。

それゆえ幼い頃から魔法修行を積んできた彼も魔導士を名乗っているが、実際は火起こし程度の魔法しか使えない。

魔導士としては落第だが、その愛嬌のよさを気に入って側近にすえている。

ちなみにベンジャミンの妹のジゼルは、エンリケにも匹敵するかなりの魔法の使い手だ。

「お前に頼みがある」
《なんでしょう？　ていうかお土産《みやげ》忘れないでくださいよ。エンヤード王国特産のピノの実の甘酒漬け、ものすごくおいしいんですから。頼みますよ！》
ペラペラとまくし立てられたセリフは無視して、デズモンドは早急に本題に入った。
「ある女の行方が知りたいんだ。探すのに力を貸してほしい」
《女ですか？　はあ、いいですよ。——ていうより、女って言いました⁉》
「ああ。昨晩抱いたが、朝起きたらいなくなっていた」
《なな、なんと……っ！》
魔石の向こうで、ベンジャミンが絶句している。
《まさか、女性嫌いのデズモンド様からそんな爆弾発言が聞ける日がくるとは……っ！　女性の気配がなさすぎて、秘密の恋人の噂まで立てられた身としては感動で泣きそうです……っ！　ていうか手を出すの早すぎません？　猪突猛進《ちょとつもうしん》タイプなのは承知してますけど、あまりにも急ですよ！》
「詳しい経緯についてはまた話す、今は彼女を探すのが先決だ。手首にあった入れ墨の情報を探ってくれ。行方を知る手掛かりになるかもしれない」
《入れ墨ですか？　形とか大きさとか、詳しく教えてくれますか？》

「盃のような、奇妙な形だ。大きさは、金貨とさほど変わらない。海のように青々としていた」

昨夜暗がりで見たその入れ墨は、目を奪われるような存在感があり、強く印象に残っている。

魔石の向こうで、ベンジャミンが押し黙った。

「どうした？　聞いているのか？」

《……もちろん、聞いていますよ。それはおそらく、入れ墨ではなく痣です。これはまたやっかいな女性に手をお出しになられましたね。さすがとしか言いようがございません》

「どういう意味だ？」

《あなたの運の強さにあきれていたところです。幸運か悪運かは測りかねますが》

「もったいぶらないで、彼女の行方についてなにか知っているなら教えろ」

ベンジャミンの含んだような物言いに、苛立ちが募る。

《わかりました。それでは、遠巻きにあなたを見守っている騎士たちを引き連れて、即刻エンヤード城に向かわれてください。彼女の正体はおそらく――》

＊＊＊

エヴァンは、ひどい頭痛で目を覚ました。

夜会に参加したものの落ち着かず、早々に切り上げて部屋でひとり酒を飲んでいたのだが、いつの間にか朝を迎えていたらしい。

ベッドの上に起き上がり、金色の前髪をかき上げる。

窓の向こうには爽やかな朝の風景が広がっているのに、絶え間なく頭がズキズキとして、気分がひどく優れない。

(せっかくの夜会なのにまったく楽しめなかった。それもこれも、セシリアのせいだ)

昨日のセシリアは、どこか様子が違った。

まず、夜会にはセシリアではなくマーガレットを同伴すると告げたとき、いつものように悲しげな顔を見せることなく、あっさりと引き下がった。まるで、エヴァンが誰と夜会に参加しようがどうでもいいかのように。

それから、その数刻後。わざわざ訓練所の門の前でエヴァンを待ち伏せして、婚約破棄をしたいと言ってきたのだ。

(まさか、あんなことを言いだすとは。非常識にもほどがある)

あのときの胸を打つような衝撃を思い出し、エヴァンは舌打ちをした。

(俺とセシリアは、ダリス神に婚約を誓った間柄。婚約破棄など、神に背くも同然の行為だ。できるわけがないだろう?)

天変地異が起ころうと、自分とセシリアの婚約は覆らない。

エヴァンはここエンヤード王国の王太子であり、セシリアはエヴァンを幸運に導くために存在する聖女なのだから。彼女はエヴァンのために生まれ、エヴァンに愛を乞い続ける宿命なのに。

(ああ、イライラする)

婚約破棄発言の衝撃が尾を引いて、まったく夜会を楽しめなかった。

もう一度髪をクシャリとやり、どうにか苛立ちをやり過ごそうとする。

そのとき、扉の向こうから騒々しい足音がした。

「王太子殿下！　至急、お目通りを！」

侍従長の声である。

いつも落ち着いている彼にしては珍しく、ひどく狼狽《ろうばい》しているようだ。

「入っていいぞ」

頭痛をこらえ、エヴァンは涼しい声で返事をした。

エヴァンは基本、セシリア以外には誰にでも優しい。

「失礼いたします……！」

侍従長が転がり込むようにして部屋に入り、ベッドの上にいるエヴァンに向かってうやうやしく頭を垂れた。全速力で走ってきたのか、肩が激しく上下している。

「そんなに急いでどうした？」

「先ほど、新たな聖女様が現れたとの報告がありました」

エヴァンは一瞬、侍従長がなにを言っているのか理解できなかった。

「新たな聖女だと？　そんなわけがない。聖女はすでにいるではないか」

「はい、存じております。ですが、夜明けとともにある貴族がご令嬢を連れて教会を訪れ、最高司祭が確認したところ、間違いなくそのご令嬢の手首に聖女の証が浮かんでいたとのことでございます。伝聖が起こったのだろうと、最高司祭は言っておりました」

「……は？」

自分でも聞いたことのないような間抜けな声が出た。

〝伝聖〟とは、聖女が亡くなり新たな聖女が生まれるときに起こる現象だ。セシリアも、エヴァンの祖母にあたる旧聖女が崩御した際、伝聖によって新聖女と認められた。

「それでは、セシリアは……」

動揺で、徐々に視界が暗転していく。

「……死んだのか？　どうして……昨日まで、健康だったではないか……」

声が震えて、しゃべるのもやっとだった。

（セシリアが死んだ？　そんな――）

背中まで伸びた波打つ淡いブルーの髪に、白い肌、華奢な体。エヴァンの機嫌をうかがうように、上目遣いでこちらを見上げるエメラルドグリーンの瞳。

哀れになるほど存在感の薄い彼女の姿が脳裏に浮かぶ。

首を絞められるような心地がした。

そこで侍従長が、思いもしなかったことを口にする。

「セシリア様は生きていらっしゃいます。先ほど城にお戻りになられました」

「……は？　なぜだ？　どうなっている？　城に戻ったとは、今朝まで出かけていたということか？」

侍従長が気まずそうに口を閉ざしたところで、扉の向こうがまた騒がしくなった。

ホッとしたような顔を見せる侍従長。

「どうやら、最高司祭からじかに説明があるようです。詳しい話は彼からお聞きください」

早々に部屋から出ていった侍従長と入れ替わるようにして、濃紺の修道服を着た高齢の最高司祭が現れる。

ダリス教に根づくこの国には、いたるところにダリス神の彫像を祀《まつ》った教会が建てられている。とりわけ王都にある教会は、見事なゴシック建築で、成人男性五人分の高さを誇る巨大なダリス神像は、この国きっての観光名所にもなっていた。

最高司祭は普段そちらに在駐しているため、神事以外で城に顔を出すのは珍しい。

部屋の入口で立ち止まった最高司祭は、いまだベッドの上であぜんとしているエヴァンに向かって深々と敬服の礼をした。

「王太子殿下、早朝から失礼いたします。このたびは、新聖女様のご誕生おめでとうございます」

最高司祭が晴れやかな笑顔を見せる。

「新たな聖女様は、あのフォンターナ侯爵家のご令嬢ですぞ。まだ六歳ゆえ王太子殿下とは年が離れていますが、それはそれは愛らしいお方でした。そのうえ赤子の頃から高い魔力をお持ちで、すでに治癒魔法が使えるとか」

肝心なことをなにも語らない最高司祭に、エヴァンは苛立つ。

ベッドから起き上がると、最高司祭の目前まで歩み、食らいつくようにして問いかけた。

「それよりも、なぜ伝聖が起こった？　セシリアは生きているのだろう？」

「はい。夜中に出かけておきながら、いけしゃあしゃあと城に戻って参りました。これは限られた者しか知らない情報なのですが、伝聖は、聖女の死以外でも起こり得るのです。それはすなわち、ダリス神を冒涜することでございます」

「冒涜？　セシリアはなにをしたのだ？」

「神の御前で王太子殿下との婚約を誓ったにもかかわらず、不貞を働いたのです。聖女の証の消えた手首を私に見せて、自らそう告白しました」

エヴァンは、大きく息をのんだ。

目の前が真っ白になり、なにも考えられなくなる。

ある意味、セシリアが死んだと思ったときよりも衝撃だったかもしれない。

衝撃を通り越し、頭の中が混乱して、笑いが込み上げた。

「ははっ、そんなわけがないだろう？　セシリアが不貞など、できるわけがない。彼女は役立たずで、俺の婚約者であること以外価値のない惨めな女だ。それがまさか……」

饒舌に語るエヴァンを、最高司祭は無言で見つめているだけだった。

婚約破棄を申し出たときのセシリアの様子を思い出し、エヴァンは恐る恐る現実を受け入れる。

「……本当なのか？」

少年のような、か細い声が出た。

最高司祭が大きくうなずき、セシリアに対する嫌悪感を声に滲ませる。

「はい。ですが、基礎的な魔法も使えないあのような者は、そもそも聖女にはふさわしくなかったのです。ダリス神も、あんな者に聖女の証を与えたなど、なにを血迷われたか。エンヤード王国の神聖なる聖女の歴史に泥を塗ったのは、許しがたい罪です」

それから再び晴れやかな顔になる最高司祭。

「国王陛下も、新聖女様の誕生を祝っておられました。教会も総出で祝福するでしょう。国民も大騒ぎして、お祭り騒ぎになるやもしれません。ふしだらな偽聖女は厳重に処罰して、王太子殿下は新たな聖女様とともに、輝かしい未来を歩まれてくださいませ」

最高司祭は嬉々《きき》として語るが、エヴァンの耳には、もはや彼の言葉はいっさい入っていなかった。

胸に突き刺さっているのは、セシリアがエヴァンを裏切り、不貞を働いたという事実だけである。

「セシリアが、ほかの男に抱かれたというのか……？」

握った拳に、自然と力が入る。

「はい。あれを嫌っておられた王太子殿下の目に、狂いはなかったというわけです」

「俺が抱く前に、セシリアを抱いた男がこの世にいるというのか……？」

「その通りでございます。相手は、きっと卑しい身分の者です。セシリアに吐かせて、彼女もろとも処刑するのが最善かと。そのようなつまらぬ者のことはお忘れになり、王太子殿下は新聖女様が相応の年齢になられたら、新たなる婚約の儀を――」

「黙れ」

最高司祭の言葉を、エヴァンは刃のような声音で遮った。

鋭い目でギロリと睨《にら》むと、最高司祭は息をのんだように押し黙る。

「セシリアはどこにいる？」

「地下の牢獄《ろうごく》に捕らえております」

「謁見の間まで連れてこい」

「……承知いたしました」

エヴァンの放っている殺伐とした空気から逃げるように、最高司祭があたふたと踵《きびす》を返す。

パタンと扉が閉まり、最高司祭が出ていくと、エヴァンは拳をますます強く握り込んだ。

エヴァンがセシリアと出会ったのは、九年前、婚約者選びのガーデンパーティーのときだった。

気が乗らなかったエヴァンは、会場を離れ、ひとりで庭園を散策することにした。

そこに、天使がいたのだ。

といっても、正しくは人間の少女である。

天使かと思ったのは、彼女が頭につけたシロツメクサの花冠が、天使の輪のように見えたからだ。彼女が着ているグレーのようなベージュのような飾り気のないドレスもまた、天使の服にどこかしら似ていた。

淡いブルーの波打つ髪は結い上げられることもなく腰で揺れていて、教会のフラスコ画に描かれた天使を彷彿とさせる。

うずくまり、ひっくひっくとしゃくり上げながら、その天使は泣いていた。

気づけば、声をかけていた。
そして驚いたように自分を見上げる彼女を見て、エヴァンは息をのんだ。
潤んだエメラルドグリーンの丸い瞳に、小ぶりな鼻、愛らしいふっくらとした唇。
その少女は、エヴァンが今まで見たどんな少女よりも飾り気がなかった。
だが、吸い込まれるような魅力がある。
そして無垢《むく》で汚れがなく、触れるのがためらわれるほどに愛らしい。
彼女は、皆に自分の格好を笑われたのだと落ち込んでいた。
だからエヴァンは、かわいいと素直に彼女を褒めた。
それから花冠から白い花をひとつ拝借し、自分の金ボタンに結わえる。
自分だけは彼女の味方だと示すことで、少しでも印象づけたかったのだ。
『あなたは、ダリス神が遣わした聖人なのですか？』
その瞬間に彼女が浮かべた眼差しを、今でもはっきり思い出せる。
濁りのない瞳に宿った、焦がれるような色。
彼女が自分に恋をしたのが、すぐにわかった。
――この少女を自分だけのものにしたい。
抱いたことのない強い欲望が、胸の奥から込み上げた。

エヴァンはやがて、彼女の正体がランスロー子爵家の令嬢セシリアだと知る。

出来のいい妹とは違い、わがままで横暴で、ランスロー夫人を困らせてばかりの問題児らしい。とてもではないが、そんなふうには見えなかったが。

いかに悪評が立っていようと、その後もあの天使のように愛らしい少女を自分のものにしたいという気持ちは揺るがなかった。

子爵令嬢であれば正妃の座は無理だから、正妃を迎えた後で側妃にすればいい。その前に彼女に縁談がこないよう早めに父に話を通そうと考えていた矢先に、思いがけない出来事が起こる。

聖女であるエヴァンの祖母が他界し、伝聖が起こって、セシリアが新たな聖女になったのだ。そして年が近いからという理由で、王太子であるエヴァンの婚約者に選ばれた。

聖女を伴侶に迎えることのできる王は、ただでさえ幸運だ。しかもその相手が初恋の少女だったなど、これ以上の幸せはない。

エヴァンは、婚約者として城に上がったセシリアを大事にした。

思った通り彼女は、ランスロー子爵夫人が吹聴していたような、わがままで横暴な少女ではなかった。健気で飾らない愛らしさがあり、そしてなによりもがんばり屋だった。

セシリアが聖女になったばかりの頃、悪い噂を鵜《う》のみにして嫌悪感を示していた城の者たちも、徐々に彼女を認めるようになる。

だが、その頃からエヴァンの気持ちに少しずつ変化が訪れる。

きっかけは、偶然耳にした陰口だった。

『この間の試験、またエヴァン殿下が一位か。聖女付きの王太子はいいよな。なにもしなくとも、聖女の加護で簡単に一位になれるんだから』

『国王になっても、聖女の加護で賢王と称えられるんだろうよ。運だけで生きているようなものだな』

その瞬間、エヴァンは全身を打ち砕かれるような衝撃を受ける。

エヴァンは次期後継者として、幼い頃から懸命に帝王学を学んできた。

同じ年頃の子どもが遊んでいる時間も、あますところなく勉強に費やす日々。

逃げ出したくなることもあったが、都度自分を叱咤《しった》し、食らいつくようにして努力を重ねた。

そのすべてが無駄になり、セシリアの手柄にすり替わるのではないかと怯えるようになったのだ。

彼女の勤勉さと純粋さはますます称賛されていく。

一方で、エヴァンの評価は下降していった。

次第に、彼女のそばにいるのも優しく接するのも怖くなっていった。

セシリアに申し訳ないと思いながらも、無意識のうちに彼女を避けるようになる。

だがそれをきっかけに、周囲の様子に変化が訪れた。

『この頃、エヴァン殿下はセシリア様を避けているようだな。もしかして嫌っているのか？』

『あの誰にでもお優しいエヴァン殿下が嫌うなど、よほどのことをされたのかしら』

『聖女を蔑ろにしておられるのに、ダリス神の加護など得られないだろう。試験で一位になられたのも、剣技大会で優勝されたのも、エヴァン殿下の実力だ』

『そもそも、セシリア様は魔法すら使えないんだぞ。本当に聖女なのか？　聖女の加護などなくとも、エヴァン殿下はもともと優秀だ。聖女と偽って、婚約者の座に居座っているのではないだろうか』

噂というものは、始まりは小さくとも、勝手に大きく広がる傾向にある。

エヴァンがセシリアを避けることによって、セシリアの悪評が立ち、結果エヴァンの評価が高まったようだ。

このままではいけないという思いはあった。

だが自分を守りたい気持ちが勝り、エヴァンは噂を放置する。

『魔法も使えない聖女など、なんの役にも立たないではないですか。エヴァン殿下には、もっとふさわしいお相手がいるはずです』

『……そうだな。あんな者を聖女に選ぶなど、ダリス神もなにを血迷われたのか』

罪悪感を覚えながらも、セシリアに対する周囲の悪口に応えていくうちに、それがあたり前になっていく。

そのうち、セシリアに話しかける者はいなくなった。

神職者や召使いですら、彼女を遠巻きに見て卑下している。

いつの間にか、エヴァンは後戻りできないところまできていた。

セシリアはというと、エヴァンに避けられ、目に見えて落ち込んでいた。

最初の頃は必死に話しかけてきたり、近くに来ようとしたりしたが、エヴァンはすげなくあしらった。そのうち寄りつかなくなったが、すれ違うたびに切なげな視線を送ってくる。エヴァンに愛されたくて仕方がない眼差しだ。

冷たくしているにもかかわらず、なおも懸命にセシリアに愛を乞われている状況は、エヴァンの自尊心をこれ以上ないほど刺激した。

優しくしていたときには感じられなかった、震えるほどの充足感。

エヴァンの暴走は、ますますエスカレートしていく。

数年を経ると、白昼堂々と、別の令嬢を連れ歩くようになった。

セシリアはますます苦しげな顔をする。エヴァンは人知れず満足する。

ほかの令嬢とはダンスを踊っても、セシリアとだけは踊らない。ダンスホールの隅で今にも泣きそうになっている彼女を見るのは、至福のひとときだった。

セシリアにはまったく触れない代わりに、ほかの令嬢はいくらでも抱いた。愛のない、吐き捨てるような行為である。

すべてはセシリアの傷ついた顔を見て、自分が満たされたいがためだ。

即位後、エヴァンはオルバンス帝国を侵略し、手中に収めるつもりでいた。

聖女の加護なしにあの大国を我が物にしたら、皆がエヴァンの真の実力を認めるだろう。

自分が彼女を抱くのは、そのときだ。

もちろん、ほかの男がセシリアに触れるなどあってはならない。あの無垢で汚れのない少女は、エヴァンだけのものだからだ。

彼女の純潔を散らすのは、自分でなければならなかった。

それなのに——。
ポタリと、拳から血のしずくがしたたり落ちた。
あまりにも強く握ったせいで、出血したらしい。
——ガンッ！
かまわず、エヴァンは血まみれの拳を壁に打ちつける。
あまりの衝撃に部屋全体が揺らぎ、壁にかけていた額縁が落下した。
（許してなるものか）
不貞を働いたセシリアにも、もちろん湧き立つような怒りを感じている。
だがそれ以上に、相手の男が許せない。
（どこの誰だ？　城住まいで、男と知り合う機会などなかったはずなのに）
ギリッと歯を食いしばる。
あの白くて華奢な体にほかの男が触れたかと思うと、とても正気ではいられない。
彼女は、死ぬまでエヴァンだけに必死に愛を乞うはずの存在だったのに。
「——相手の男の首を刎《は》ねてやる」
地を這うような声で唸ると、エヴァンは壁に掲げていた剣を腰に差し、謁見の間めがけて猛獣のごとく突き進んだ。

＊＊＊

門前にのこのこと姿を現したセシリアは、すぐに門兵に捕らえられ、最高司祭のもとに連れていかれた。

「この、男狂いの恥知らずが！」

さんざん罵倒された揚げ句、地下牢に投げ込まれ、今度は引っ立てられるようにして謁見の間に連れていかれる。

石柱がいくつも連なり、見事な天井画が見下ろすそこには、一段高い場所に金の玉座が仰々しく構えている。

セシリアは両手首を縄で拘束され、玉座に向かって膝をつく形で座らされた。

最高司祭に神官たち、それから国の重鎮も数人いて、まるで汚物でも見るような視線を彼女に注いでいる。

(これから、裁きが始まるのね)

覚悟ならとうにできている。

九度目の人生、ようやくのことでエヴァンの命を救えたなら本望だ。

間もなくして、乱暴に扉が開かれた。

立っていたのは、この国の王太子エヴァンその人である。

白地に金の紐ボタンの連なるジュストコールに、紺色の下衣の長い脚。さらりとした金色の髪に、深いグレーの瞳。

いつ見ても気品と清廉《せいれん》さにあふれた、王太子になるべくして生まれたような人だ。

そしてセシリアの初恋の相手で、この世のなによりも大事だった人。

凍てつくような眼差しを浮かべながら、コツコツと靴音を響かせてセシリアに近づいてきたエヴァンは、いつもに輪をかけて冷えた空気をまとっていた。

ダリス神と彼を欺いた女が目の前にいるのだから、当然のことだ。

それでもセシリアは、これでエヴァンを救えたという充足感で満たされていた。

氷の刃のごとく冷徹な表情の彼を見ているだけで、笑みすら浮かんでくる。

「どうぞ、処刑してください」

エヴァンの発言を待たずして、セシリアは堂々と言った。

周囲からどよめきが起こる。

微笑みながら処刑を乞うた者など、いまだかつていないからだろう。

セシリアの目前で足を止めたエヴァンは、なにも答えず、じっと彼女を見下ろしている。

だがしばらくすると、従者に命じてセシリアの手首を拘束している縄をはずさせた。

セシリアの左手首をつかみ、じっと眺めるエヴァン。

聖杯の痣が消えたのを確認しているようだ。

重い沈黙が落ちた。

セシリアは、彼の口からすぐに処刑が言い渡されると思っていた。

なにせ、とことんまで嫌われている身だ。

周りの目があるし、エヴァンは怒ったふうを装ってはいるが、内心はセシリアと縁が切れてうれしく思っているだろう。セシリアの処分などさっさと済ませて、新たな人生計画を立てたいに違いない。

地下牢に捕らえられる際、衛兵たちの会話から耳にしたところによると、新聖女はあのフォンターナ侯爵家の令嬢で、見目麗しく、治癒魔法を巧みに使えるのだとか。

こんなところで大嫌いな元婚約者の相手をしているより、すぐにでも彼女に会いたいに違いない。

ところがエヴァンは、セシリアの左手首をつかんだまま、思いがけないセリフを口にする。

「相手の男の名を言え」

それについては、いずれ尋問官に問いつめられるとは思っていた。

とはいえ、こんな早々にエヴァン自ら問いつめてくるとは、思ってもいなかった。

彼にとって、セシリアの不貞の相手など、どうでもいいはずだからだ。

なにも答えずにただエヴァンを見つめていると、彼は苛立ったように目尻を吊り上げる。

「だんまりを決め込む気か。どこのどいつだ？　どうやって知り合った？」

(木こりの彼のことは、絶対に漏らさないわ)

自分の都合で赤の他人を巻き込んだのだから、責任は負わせられない。

セシリアは徹底的に木こりの彼を守る心づもりでいた。

そもそもセシリア自身酔っていたため、名前はおろか顔すらわからないのだが。

覚えているのは、あの男らしい深みのある声と、魅力的なスカイブルーの瞳だけだ。

「それは申せません」

目に強い意志を込めて答えると、エヴァンの表情に殺気が宿った。

だがセシリアは怯《ひる》まなかった。

ここで腰に帯びた剣で切られようと、処刑されようと、同じことだからだ。

むしろ、しつこく相手の男について尋問されるくらいなら、さっさと切り捨てられたい。

するとなぜか、エヴァンが乾いた笑みを浮かべる。

「なぜだ？　それほど大事なのか？」

（……なにをおっしゃっているのかしら）

セシリアが大事に思っているのは、エヴァンただひとりだ。

彼の命を救うために時空魔法を繰り返し、必死に方法を考えた。だがそんなことを告白する気にはなれなかったし、告白したところで信じてはくれないだろう。

そこで、バンッと勢いよく扉が開かれる。

ヒールの音をコツコツと響かせながら入ってきたのは、今日も派手な赤いドレスに身を包んだマーガレットだった。

マーガレットはエヴァンに向けてうやうやしく礼をすると、明るく言う。

「失礼いたします。このたびは、新聖女様のご誕生おめでとうございます」

それから床に膝をついているセシリアを見て、「あら」と今にも噴き出しそうな顔をした。

コツコツとふたりのそばに歩み、ねっとりとした手つきで、セシリアの手首を握っているエヴァンの手をほどく。

「すべて聞きましたわよ。エヴァン殿下、どうかそのような汚れた女に触れるのはおやめください。その者は、もはや聖女でもなんでもない、ただの下賤《げせん》の女です。謁見の間に通すのすら場違いですわ。さっさと処刑してくださいな」

しなをつくり、エヴァンの腕を抱くようにして擦り寄るマーガレット。

「それにしても、新たな聖女様はまだ幼子なのだとか。きっとお体がお寂しいでしょうから、当面は今までのように私をおそばにおいてくださいませ、喜んでご奉仕いたします。もしも身ごもったあかつきには――」

「黙れ」

ところが、甘ったるい声で言い寄るマーガレットに向けられたのは、エヴァンの射るような視線だった。

「邪魔だ、離れろ。俺は今、彼女と話をしている」

「ですが――」

「邪魔だと言ったんだ」

有無を言わさぬ口調で制され、マーガレットが不服そうに口をつぐむ。それからしぶしぶといったふうにエヴァンから距離を取った。

エヴァンの鋭い瞳が、再びセシリアを射貫く。

「その男を特別に想っているのか？」

（え、まだその話の続きをするの？）

いったん会話が途切れたため、それについては忘れただろうと思っていたが、違ったらしい。

「さっさと答えろ」

（どうしてこんなにしつこいのかしら）

これまでのループ人生、さんざんセシリアを蔑ろにしてきた彼だ。マーガレットをはじめとした愛人ばかりにかまけて、セシリアには結婚後も指一本触れようとしなかった。

セシリアが誰に抱かれようが、誰を特別に思おうが、どうでもいいはずなのに。

違和感が胸の中に渦巻いたが、これ以上の黙秘は無理だと思い、とりあえず答える。

「はい、そうです。彼のことを特別に想っています。私はあなたのそばにいるべきではありません」

——ガッ！

次の瞬間、頬に衝撃が走り、視界が白くなった。

目の前には、握った拳をわなわなと震えさせている、真っ赤な顔のエヴァンがいる。

殴られたのだと気づくのに、時間はかからなかった。

取り巻きたちがざわつく声がした。「あら、大変」というマーガレットのおもしろがるような声もする。

エヴァンが、我に返ったように自分の握った拳を見つめる。そして頬を腫らしているセシリアに視線をやり、一瞬だけ気後れするような表情を見せた。

セシリアは殴られた頬にそっと触れた。遅れて、ズキズキとした痛みが頬から走る。

(殴られたのなんて、初めて)

ショックではなかった。

不貞を働いたセシリアに怒りを覚えるほど、彼にまだ関心を抱いてもらえているとわかって、歓びすら感じる。

そのときだった。

「王太子殿下、大変です……！」

再び扉が開いて、血相を変えた従者が転がり込んでくる。

「オルバンス帝国の騎士団が城に乗り込み、こちらに向かっています！」

「オルバンス帝国が？　どういうことだ？」

重鎮たちと神官たちが、いっせいに慌てだす。

放心状態だったエヴァンですら眉をひそめている。

だがこの中の誰よりも動揺しているのは、間違いなくセシリアだった。

（オルバンス帝国が？　どういうこと？　早くも開戦なの？）

過去の八度の人生で、エンヤード王国とオルバンス帝国が戦争に突入したのは、計四回だ。

いずれも、戦争の首謀者であるエヴァンは、皇帝デズモンドによって手ひどく殺害された。時には直接的に、時には間接的に。

だが戦争が始まったのは、いつもセシリアとエヴァンの結婚後だった。

早くても今から二年後である。

それも、先に仕掛けたのは毎回エヴァン率いるエンヤード王国だった。かの国から仕掛けてきたことなど一度もない。

（なにがどうなっているのかしら……？）

もしかしたら、セシリアが不貞を働き聖女でなくなったことで歴史が狂い、エヴァンを救うどころか最悪な事態が訪れようとしているのかもしれない。

（すべて無駄だったというの？）

悪寒が走り、セシリアがガタガタと肩を震わせたそのとき、扉が開いてひとりの男が颯爽《さっそう》と姿を現した。

漆黒の丈長の騎士服に、同色の下衣。

服の上からでもわかる逞《たくま》しい体つきに、この中の誰よりも高い身長。

漆黒のマントを翻し、厳粛な場に迷うことなく乗り込んでくるその姿には、圧倒的な存在感がある。

そしてなによりも、その男らしく精悍《せいかん》な顔立ちに、セシリアの目は釘付けになった。

雄々しい黒髪に、スカイブルーの瞳。

整った鼻梁《びりょう》に、知性をうかがわせる引きしまった口もと。

男らしさの中にバランスよく美しさも合わせ持っていて、神が神秘の力で作り出した彫像を崇めている気分になる。

（なんて綺麗な人なの）

セシリアがそう感じると同時に、背後から「あら、いい男」というマーガレットのため息のような声がした。

ふたりだけではない。ここにいる全員が、その男の醸し出す特別な空気に気圧《けお》されている。

黒衣の男に続くようにして、謁見の間にバタバタと男たちが駆け込んできた。

ざっと七人といったところか。

男の着ている騎士服によく似た衣服を身につけ、揃って帯剣している。見ただけで、手練《てだ》れの騎士の軍団だということがわかった。

おそらく彼の護衛だろう。

「皇太子デズモンド……！」

最高司祭が、信じられないというようにつぶやいた。

その声に、皆が息を止める。

デズモンドの噂は幾度か耳にしたことがあっても、姿を見た者はほとんどいないからだ。年長者の最高司祭だけが、唯一知っていたらしい。

（デズモンドってつまり……皇帝デズモンドってこと？）

セシリアは、ますます体を震わせた。

これまでの人生、姿はおろか肖像画すら見たことはなくとも、何度もその名に怯えてきた。

皇帝でありながら、帝国一の剣豪で、おまけに強力な暗黒魔法を操ると云われる男。

冷酷非道で、女や子どもにも容赦ない、悪名高き皇帝。

(自らエンヤード王国に乗り込んでくるって、どういうことなの?)

ループ人生きっての異例の事態に、セシリアは足をすくませた。

動揺のあまり、殴られた頬の痛みなどどこかに飛んでいく。

「オルバンス帝国の皇太子様自らが、なんの前触れもなく異国の城を訪れになるとは驚きました。どういったご用件でしょう?」

重鎮のひとりが、震えながら前に進み出た。

しかしデズモンドは、彼には目もくれず、まっすぐにセシリアの方へと歩んでくる。

自分を一心に見つめるスカイブルーの瞳に、セシリアはふと妙な既視感を覚える。

だが、それどころではなかった。

足を止めたデズモンドがセシリアの肩を抱き、エヴァンから引き剥がしたからだ。

「その頬はどうした? 殴られたのか?」

頭上から発せられた耳心地のよい声に、セシリアはハッとなった。

どうしようもなく、聞き覚えがあったからだ。

深みがあって、男らしい、ずっと聞いていたくなるような声――。

――『吸いつくような肌だ。美しい』

──『女はこんなにも白いものなのか？　それとも君が特別なのか？』

昨夜、耳もとでささやかれた淫らなセリフが脳裏によみがえり、頬がみるみる熱くなる。

顔を上げれば、自分をひたむきに見つめるスカイブルーの瞳と間近で目が合った。

「あなたは──昨日の木こりさん……？」

「そうだ。君だけの木こりだ」

デズモンドは目を細めると、セシリアの殴られた頬を気遣うように指先でなでる。

続いてささやくような声で言った。

「よくがんばったな。もう大丈夫だ」

あまりにも優しいその口ぶりに、感情をせき止めていた防波堤が一瞬にして崩れ、目に涙が浮かんだ。

これまでの気が遠くなるような過酷な繰り返し人生の末、涙などとうについえたと思っていたのに……。

デズモンドの詰襟につけられた銅製の徽章《きしょう》が目に入る。

クロスした斧の印は、オルバンス帝国の紋章だ。

そんなことはとうの昔に心得ていたはずなのに、昨夜は酔っ払って失念していた。

あろうことか木こりと勘違いするほど思考力が衰えていたなど、酒というものは恐ろしい。

(私はエヴァン様を四回も殺した彼に抱かれたの……?)

今さらながら、あまりの恐怖で背筋に怖気が走る。

皇帝デズモンド、別名覇王については、これまでのループ人生でいやというほど悪い噂を耳にしてきた。

だが昨夜の記憶もさることながら、目の前にいるデズモンドは、とてもではないが悪人に思えない。

それでも、エヴァンを四回も殺されたのは紛れもない事実。

二度目の人生ではデズモンド自らの手で喉を切りつけられ、三度目の人生では彼の軍に矢を浴びせられた。四度目の人生では彼の軍の奇襲に遭い崖から突き落とされ、五度目の人生ではまがまがしい暗黒魔法で進軍中に息の根を止められた。

(どうしてよりによって、皇帝デズモンドなんかに身を捧げてしまったのかしら)

セシリアは、混乱のあまりカタカタと背中を震わせる。

デズモンドは、セシリアが怯えているのは、頬を殴られたためだと勘違いしたらしい。セシリアの肩を抱く腕に力を込め、向かいにいるエヴァンに、切りつけるような視線を投げかけた。

「君を殴ったのは彼か」

「セシリアに触るな！」

エヴァンが、いつもの穏やかな彼からは想像がつかない真っ赤な顔でわめき散らす。

エンヤード王国は、オルバンス帝国に比べると領土・国力・軍事力どれをとっても劣る。

小国の王太子として、本来であれば丁重に大国の皇太子を出迎えねばならないところだが、そんな余裕はないらしい。

「触れずにいられるか。情を交わした相手だ」

エヴァンの剣幕に怯む様子もなく、デズモンドはセシリアの体を胸に引き寄せた。

セシリアの顔がますます朱に染まっていく。

その様子を目のあたりにしたエヴァンの表情が、苛烈にゆがんでいった。

カッと両目が見開かれ、全身が総毛立つ。

「貴様……、まさか貴様がセシリアを……！」

怒りあらわに、腰に差した剣の柄に手をかけるエヴァン。

だがそのとき。

「待て！」

雷に似た太く威厳のある声が、謁見の間いっぱいに響き渡った。

鞘《さや》から剣を抜き、構えの姿勢に入ろうとしていたエヴァンが、ぴたりと静止する。

その場にいるすべての人間が、声のした方向に顔を向けた。

扉の前に、朱色のローブをまとった壮年の男がいる。

白髪交じりの金色の髪に、口髭。

ダリス教の象徴であるベラスカの葉の紋様が緻密に彫り込まれた冠。

エヴァンの父であるエンヤード王だ。

謁見の間に控えていた家臣たちが、いっせいに彼の方に向き直り、敬服の礼をする。

エンヤード王はツカツカと歩みながら、もう一度エヴァンに怒声を放った。

「かのオルバンス帝国の皇太子の来訪であるぞ！　エヴァン、剣を収めろ！」

だがエヴァンは、国王の指示に従うことなく、剣を抜いたまま毅然《きぜん》と立ち向かう。

「この国の聖女が野蛮な国の皇太子に凌辱《りょうじょく》されたのです！　これが、怒らずにいられましょうか！」

「収めろと言っておる！」

「く……っ！」

今度は目力とともに厳しい叱責を受けて、エヴァンはついに剣を鞘に戻した。

悔しげに拳を震わせながら、耐えるようにうつむく。

デズモンドは速やかに床に片膝をつき、エンヤード王に向かって頭を垂れ、最敬礼の姿勢になる。彼に倣うように、背後にいる騎士たちも次々と膝をつき頭を垂れた。

「突然の訪城をお許しください。私はオルバンス帝国の第二皇子、デズモンド・カルディアン・オルバンスと申します」

「うむ。そなたの名声は我が国にまで届いておる。このたびは、我が国にいかような用か」

「無礼を承知で申し上げます。彼女を私の妃として我が国に迎えたく馳せ参じました」

あたりが、水を打ったように静まり返る。

うつむくエヴァンが、肩を大きく上下させて呼吸する姿だけが、やけに目についた。

「そうか。このたびの騒動は、おおむね私の耳にも入っておる。そなたがセシリアの相手だったというわけか」

「さようでございます」

デズモンドは片膝をついたまま、堂々と答えた。

周囲が緊迫している中で、怯む様子もなく先を続ける。

「彼女を妃にするお許しがいただけるのであれば、お礼として、我が国から特別な支援をいたしましょう。まずは貴国を我が国最初の友好国とし、いかなる脅威からも守り抜きます。相応の訓練を終えた軍隊を国境に常駐させ、最先端の武器も供給いたしましょう。財政面での援助もお約束します」

デズモンドの発言に、重鎮たちがざわつきを見せた。

「孤高を貫いていたオルバンス帝国が、我が国の友好国になるだと？」

「あの強国の兵力を供給してくれるだけでなく、財政支援もしてくれるなど、こんなにありがたい話はない」

思いがけない交渉条件に、エンヤード王も「ふむ」と唸っている。

宗教国家であるエンヤード王国は、諸外国に比べて軍事力が乏しい。そのうえ今年は干害によって財政が圧迫傾向にあり、デズモンドの言い分は好条件だった。

エヴァンは心惹かれている様子の王と重鎮たちを眺め回すと、焦った顔で食ってかかる。

「ですが、セシリアは我が国の聖女です！　聖女を他国に嫁がせるなど、聞いたことがありません！」

するとエンヤード王が、ピシャリと言い放った。

「いや、もう彼女は聖女ではない。新しい聖女はすでに現れたと報告を受けている」

エヴァンが、ぐっと口を閉ざした。

それから痣の消えたセシリアの手首に視線を移し、唇を噛《か》みしめる。

そんなエヴァンに、エンヤード王がとがめるような視線を向けた。

「そもそもお前は、セシリアを見るからに嫌っていただろう。一緒にいるところなど見たことがないし、夜会にも別の令嬢を連れているではないか。いくら聖女といえども相性が悪くては、この先どうなるかと私はずっと懸念していたのだ」

「それは――」

エヴァンはなにかを言いかけたが、すぐに言葉をのみ込んだ。

紛れもない事実であり、返す言葉がなかったのだろう。

「妃なら問題だったが、まだ婚姻前の身。王族の婚約破棄などままある話だ。とにかく、我が国にとってこれほど好条件の話はない。デズモンド殿、セシリアを貴殿に授けよう。彼女の実家には私から伝えておくゆえ、早々に用意をいたせ」

「ありがたきお言葉でございます。約束通り、後ほど我が国より、友好条約締結の流れを記した書状をお送りしましょう」

デズモンドはエンヤード王に向かって深々と頭を下げると、立ち上がり、セシリアに手を差し出す。

「俺と一緒に来てくれるか?」

彼の正体があの悪名高き皇帝デズモンドだと知った今、セシリアはためらった。

ちらりとエヴァンを見れば、見たこともないほど青ざめた顔をしている。

彼がセシリアを失ってショックを受けるはずがないので、突然の展開に動揺しているのだろう。もしくは、悪名高きデズモンドを目の前にして怯んでいるか。

セシリアはデズモンドの方に向き直った。

男らしさに満ちた相貌が、まっすぐセシリアに向けられている。

これまでの人生、彼を恐れていた期間が長すぎて、やすやすとうなずくことはできない。

だがセシリアが彼に嫁ぐことによって、エンヤード王国に利益がもたらせるのなら、この手を拒んで処刑されるよりもずっといいのではないだろうか。

役立たずの聖女と罵られてきたが、最後くらいこの国の役に立ちたい。

「――はい」

セシリアはそう答えると、差し出されたデズモンドの手のひらに自分の手を重ねた。

剣だこのあるゴツゴツとしたその手は、セシリアの小さな手をすっぽり覆ってしまうほど大きい。

それからセシリアは、エヴァンを振り返り、微笑を浮かべた。

これまでのループ人生で、一番上手に笑えたように思う。

「エヴァン殿下、今までありがとうございました。どうか新たな聖女様と、末永く幸せな人生を歩まれてください」

セシリアの初恋の相手であり、この世で最も大切だった人。

どんなに罵られようと、冷遇されようと、彼を大事に想う気持ちは変わらなかった。

そして苦労の末、ようやく彼の命を守ることができた。

聖女をやめて初めて聖女らしいことができるなど、皮肉なものだ。

エヴァンのグレーの瞳が、戸惑うように揺らいでいる。

（さようなら、エヴァン様）

そうしてセシリアは、エヴァンに背を向けると、デズモンドに手を引かれて扉に向かった。

「セシ――」

扉が閉ざされる寸前、エヴァンのか細い声が聞こえた気がしたが、きっと気のせいだろう。

――『おかしい？　君が？』

――『大丈夫だよ。すごくかわいい』

――『これで俺も君とお揃いだ。だから怖がらないで』

遠い昔の記憶が霞《かすみ》になって、跡形もなく消えていく。

セシリアは、気が遠くなるほどの長い歳月を経て、ようやく初恋の思い出に蓋をしたのである。

四章　死に損ないから寵妃へ

セシリアはデズモンドとともに馬に乗り、さっそく国を発った。

護衛の騎士たちも、ふたりを取り囲む見事なひし形の陣形を組んで馬を走らせる。

王都を抜けて郊外に出ると、麦の穂が風に揺れ、青空に白い雲の流れる清々しい景色が続いていた。

（いろいろな人生を経験したけど、考えてみれば、国を出るのは初めてだわ）

処刑を覚悟していたはずなのに、生き永らえ、こんな美しい景色を馬上から眺めているなど信じられない。まるでなにも知らなかった少女の頃のように、気持ちがドキドキしている。

（それにしても、この方があの皇帝デズモンドだなんて……）

本当に、よりにもよって、なんという男を引きあてたのだろう。

馬に揺られながら、背後にいるデズモンドを盗み見る。

風に揺らいでいる黒髪と、精悍な顔立ちが至近距離で目に飛び込んできて、思いがけず胸が大きく鼓動を打った。慌てて目を逸らす。

（この方は、どうして一夜の関係を持っただけの私をわざわざ妃として迎えようとしているのかしら？　次期皇帝なのだから、女性など引く手あまたでしょうに。そういえば昨夜、女性と関係を持つのは初めてと言っていらしたけど、きっと冗談ね。そんなわけないもの。噂通りのずる賢い皇帝なら、私が元聖女だと気づいて、なにかを企んでいる可能性もあるわ）

彼の人間性にはたしかに惹かれている。だが八度の人生で何度も耳にした悪い噂を思い出し、セシリアは身を引きしめた。

冷酷で、残虐で、人を道具のように扱う無慈悲な皇帝。後宮には妃があふれ、女も次から次へと使い捨てる。ひとたび戦場に出れば魔物のように次々と敵を惨殺。

現に、彼の手によってエヴァンは何度も殺された。

これまでの人生、エヴァンを繰り返し死に追いやった彼を憎んできた。信頼しろという方が難しい。セシリアの体には、デズモンドへの憎しみが染みついている。

（エンヤード王国を守るため彼についてはいくけど、絶対に心を許さないようにしましょう）

セシリアがひそかなる誓いを胸の内で立てていると、うしろから伸びてきた手に、遠慮がちに頬をなでられた。エヴァンに殴られた箇所である。

「痛くはないか？」

まさに彼への警戒心を強めていたときだったので、肩が勝手にビクッと跳ねる。

頬に触れるその手を振り払うように、顔を背けた。

「……もう、痛くはありません」

セシリアのつれない態度に違和感を覚えたのか、デズモンドが押し黙る。

やがて「そうか、それならよかった」という落ち着いた返事が聞こえた。

その後もデズモンドは何度か話しかけてきたが、セシリアはそっけない態度を取り続けた。というより体が勝手に反応して、彼を拒絶してしまう。

それでもデズモンドはセシリアに対して一貫して優しく、いつ何時も淑女のように丁重に扱った。

そして半月ほどで、オルバンス帝国にたどり着いたのである。


（これが、オルバンス城……）

青々とした森の中にそびえる城を前に、セシリアは委縮した。

石造りの重厚かつ巨大な要塞城である。

敷地面積は、エンヤード城のおよそ三倍はあるだろうか。のこぎり形の壁を頂く棟が幾重も連なり、物々しい雰囲気を醸し出していた。

巨大なアーチ門をくぐれば、あまたの人が行き交っており、まるでひとつの街のようである。

セシリアはさっそく後宮に案内された。

後宮は、薔薇の咲き誇る中庭を囲むようにして建てられた、三棟の白亜の塔から成っていた。それぞれの棟は渡り廊下でつながっており、ほかの場所とは違って、白を基調とした優雅な内装だった。

一歩足を踏み入れれば、たくさんの妃たちとすれ違う。どの妃も赤や紫などの艶やかなドレスで着飾り、甘い芳香を漂わせていた。

セシリアが通ると、ヒソヒソと耳打ちし合いながら、扇子越しにこちらに視線を送ってくる。

(やっぱり、すでにこんなに美しいお妃様がたくさんいらっしゃるのね)

納得しつつも、みすぼらしい自分を情けなく思いながら、セシリアは与えられた部屋に通された。

エンヤード城で使っていた部屋の倍はある広さで、ロココ様式の美しい家具が取り揃えられている。天蓋付きのベッドをはじめ、デスクにソファー、クローゼットにチェストなど、どれもが高級感にあふれていた。

ガラス扉の向こうにはテーブルと椅子の置かれたバルコニーが広がっていて、青々とした木々が生い茂る爽やかな景色が見渡せる。

「失礼します」

しばらくすると、お仕着せ姿の少女が現れた。

そばかす顔をしていて、癖のある栗色の髪をうしろでひとつに束ねている。

年は、今のセシリアより少し下といったところか。

「セシリア様付きの侍女に指名されました、エリーでございます。どうぞこれからよろしくお願いいたします」

エリーが、人好きのする笑顔でニコッと微笑んだ。

「よろしくね、エリー」

「これから皇帝陛下に謁見なさるとのことですので、さっそくですが、お支度を始めますね」

エリーに手伝ってもらい、湯浴みを済ませる。

その後はてきぱきとドレスを着せられた。

「それにしても本当にお綺麗な肌ですね。真っ白で、絹のようですわ。髪もとても艶やかで惚れ惚れします。あの皇太子様が女性を連れ帰られたと聞いたときは驚きましたが、セシリア様のような美しい方なら納得ですわ」

「そんな、美しくなんかないわ」

何度も人生を繰り返し、そのたびにエヴァンに魅力がないとさんざんなじられてきたセシリアである。ちょっとやそっとのお世辞では動じない。

そんなセシリアを、エリーは「またまた、謙遜なさって」と上手にあしらう。

どうやら、処世術に長けた少女のようだ。

「とはいえ、ご自分の美しさに気づいておられないようでしたら、侍女として腕が鳴りますわ。セシリア様がご自身の魅力をお認めになるよう、完璧にお支度をいたしますね」

エリーは絶え間なく手を動かしながら、オルバンス帝国についていろいろと教えてくれた。

デズモンドは第二皇子だが、戦争での功績をたたえられ、二歳年上の兄を差し置いて皇太子に抜擢《ばってき》されたらしい。また、すでに高位貴族に降嫁している四歳年上の姉もいるようだ。

エンヤード城で蔑ろにされてきたセシリアは、これほど気さくに侍女に話しかけられた経験がない。そのため新鮮で楽しく、すぐにエリーを好きになった。

「エンヤード王国は、ダリス教を重んじる神秘的な国だとお聞きました。ダリス神が遣わす聖女様が表立ち、そのご加護によって、小国ながらも平和が保たれているのですよね。とても素敵ですわ」

「……ええ、そうね」

エリーの口ぶりから察するに、セシリアが元聖女だということは知られていないようだ。

陽気なエリーはペラペラと先を続ける。

「この国にも、ユルスツク教と呼ばれる国教があるんですよ。けれど、エンヤード王国ほど信心深くはありません。一応神の使徒である聖人も存在するんですけどね、エンヤード王国の聖女のように表立つことはなく、どこの誰かもわからないらしいですよ。右手首にメビウスの痣を持つと云われているのですが、本当かどうか怪しいものです」

そうこうしているうちに身支度が終わったらしく、セシリアは姿見の前に連れていかれた。鏡に映る自分を見て、驚きのあまり目を見開く。

「これが、私……？」

淡いブルーの髪は両サイドを編み込まれ、ほかの部分はふんわりと腰まで下ろされていた。白い花のモチーフの髪飾りが、波打つ髪のそこかしこにちりばめられている。

ドレスは、生成りのシンプルなものだった。胸の下に切り替えがあり、裾まで見事なドレープを描いている。このような形のドレスを着るのは、何度も人生をやり直しているセシリアでも初めてだ。

「我が国の伝統的なドレスです。清楚な雰囲気だから、思った通りセシリア様にぴったりですわ。もとの肌がお美しいから、お化粧はあえて控えめにしたのですよ」

鏡の中のセシリアに向かって、エリーがニコッと微笑んだ。

「すごいわ、エリー。あなたって天才よ」

七度目の人生で、セシリアはエヴァン好みの女性になれるよう、おしゃれや化粧を特訓した。マーガレットを参考にして、赤やピンクなどの派手なドレスを身につけ化粧も色濃くしたのだが、エヴァンはよりいっそう嫌悪感を示しただけだった。

どうやらああいったドレスや化粧は、セシリアには似合わないらしい。

この姿はマーガレットのような女性がタイプのエヴァン好みではないと思うが、エリーの言うように、セシリアのよさを上手に引き出してくれていた。

「ふふ、そう言ってくださってうれしいです。それにしても、我が国の伝統ドレスが本当によくお似合いですね。セシリア様は、オルバンス帝国にいらっしゃる運命だったのかもしれませんわ」

（オルバンス帝国に来る運命？　そんなわけがないわ）

うれしそうなエリーの言葉を、セシリアは心の中で否定する。

エヴァンを救うというセシリアの役目は、ようやく終わりを迎えた。

処刑されるつもりだったが、ひょんなことから、オルバンス帝国で惰性による人生を送ることになっただけだ。

（でもエリーに会えてよかった。生きていたら、いいこともあるものね）

明日はどんな髪形にしましょうかと、きゃぴきゃぴはしゃいでいるエリーを見ながら、セシリアはひそかに幸せを感じていたのだった。

セシリアはその後、皇帝に謁見した。

病を患っているとのことだが、それでも豪快な雰囲気が感じられる人だった。

彼の御代でオルバンス帝国は領土拡大の一途をたどったというから、若い頃はかなり豪傑な男だったのだろう。

療養のため来年退位し、デズモンドに皇帝の座を引き渡すらしい。その前にセシリアのような妃候補を見つけて本当によかったと、皇帝は笑い声を響かせた。

その帰り、ビロードの絨毯《じゅうたん》が敷きつめられた廊下で、セシリアはひとりの男に呼び止められる。

「君がセシリアか。なるほど、これは美しい」

男はうしろで束ねた紺色の髪と、ダークブルーの瞳をしていた。細身の体で、紫色のジュストコールに黒の下衣という出で立ち。手には重そうな本を抱えている。

うっすらと浮かべた笑みには気品があって、育ちのよさがうかがえた。

男の正体がわからずセシリアがまごついていると、男が胸に手をあて礼をする。

「申し遅れました。この国の第一皇子、グラハム・メイデン・オルバンスと申します」

(第一皇子ということは、デズモンド様のお兄様?)

「初めまして。セシリア・ランスローと申します」

セシリアは慌ててスカートをつまんでお辞儀をした。

顔を上げると、ダークブルーの瞳が、食い入るようにセシリアを見つめている。

あまりにもまじまじと見つめてくるものだから、セシリアはどうしたらいいかわからず「あの……」と口ごもった。

するとグラハムが、我に返ったように笑みを取り戻す。

「ごめんごめん。あのデズモンドが他国から令嬢を連れ帰ったっていうから、興味津々でね。なにせ女にはまったく興味がなくて、一時期は男好きっていう噂まで流れていたような奴だから」

「え……？　デズモンド様に、まだお妃様はいらっしゃらないのですか？」

「ああ、そうだ。次期皇帝のくせにかたくなに妃を娶ろうとしないから、父上もほとほと困り果てていたんだよ。皇帝の座にはついても、子づくりは私に任すなんて勝手なことを言ってね」

　やれやれ、と肩をすくめてみせるグラハム。

　セシリアは目を見開いた。

「でも、後宮にはたくさんお妃様がいらっしゃるではないですか」

「ああ、彼女たちは皆、父上の側妃だ。正妃は亡くなっていて、不在の状態なんだけどね。あの年でしかも病がちだというのにお盛んで、困ったものだ。ちなみに私にも、まだ妃はいないけどね」

　ハハハ、とグラハムが高らかに笑い声を響かせる。

（そんな……。女性を抱いたのが初めてというのは、本当だったのかしら？）

　あれほど見目がよく、権力もある男である。やはり、どう考えても解せない。

男好きなら納得だが、そうではないことはセシリア自身が実証済みだ。

困惑していると、グラハムにポンと肩に手をのせられた。

「弟のことは、私もずっと心配していたんだ。なにをやらせても完璧で、抜けたところなどないような出来のいい奴だ。そういう人間に限って、いつかほころびが出てしまうものだから」

そう言った彼の目に一瞬だけほの暗い光が浮かんで、セシリアは違和感を覚える。

「だが君のような女性が近くにいるなら安心だ。どうか、あいつのことを頼むよ」

「……はい」

「では失礼する」

遠ざかるグラハムの背中を見つめながら、セシリアは先ほどの違和感について考えていた。

グラハムは正妃の子でデズモンドは側妃の子だと、エリーが言っていた。

本来は第一皇子であるグラハムが皇太子を名乗るはずなのに、継承権を得たのは腹違いの弟のデズモンドの方だった。

飄々《ひょうひょう》としているように見えるが、実際のところ、グラハムの心中は複雑なのかもしれない。

自室に戻り、エリーの淹《い》れてくれた紅茶を飲んでいると、思いがけずデズモンドがやって来た。

「不便はしていないか？」

湯浴みを済ませたのか、白のシャツに黒のタイトな下衣というラフな格好に着替えている。少し濡れている黒髪が妙に色っぽい。

セシリアは慌ててソファーから立ち上がると、深々と頭を下げる。

彼への警戒心は解けていないが、こうして衣食住を与えられている限り、最低限の礼は尽くしたい。

「はい。おかげさまで、心地よく過ごさせていただいています。こんなに素敵な部屋にドレスまで用意してくださり、本当にありがとうございました」

淡々と語るセシリアを、デズモンドは上から下までじっくりと眺めていた。

それから口もとを手で覆うと、考え込むように下を向く。

「あの、どうかされましたか？」

「……いや、なんでもない。それは我が国の伝統衣装だな？　よく似合っている」

そう言って顔を上げたデズモンドは、もとの落ち着いた彼に戻っていた。

「ありがとうございます……」

褒められ慣れていないセシリアは、思わず頬を紅潮させた。

エンヤード王国からオルバンス帝国までの道中、セシリアはあれほどそっけなかったのに、彼の方は不機嫌になることも邪険な態度を取ることもなかった。

今もこうして、忙しい合間を縫って様子を見に来てくれている。

そんな紳士的な行動にほだされそうになっていることに気づいて、セシリアは自らを戒めた。

(それでも、あの悪皇帝デズモンドなのよ。今は皇太子だから、即位後より幾分か穏やかなのかもしれない。騙《だま》されてはいけないわ)

「あの……。ひとつ、知っておいていただきたいことがございまして」

緩んだ頬を引きしめ、真面目な顔になる。

「なんだ、言ってみろ」

「私は、魔法が使えないのです」

これも先ほどエリーから聞いた話だが、エンヤード王国に比べ、オルバンス帝国には魔法を使える人間が少ないらしい。魔法を使える人間は重宝され、大魔導士エンリケなる者は侯爵位まで与えられているとのこと。

現皇帝の亡くなった正妃もかなりの魔法の使い手だったようだ。

だからセシリアは考えた。

デズモンドはセシリアを抱いた後で、聖女だと気づいた。

おそらく閨事の際にあの聖杯の痣を見たのだろう。

エンヤード王国の聖女が強大な魔力を持つというのは有名な話。そのためデズモンドは、セシリアをかなりの魔法の使い手と勘違いし、手中に収めようと企んだ。

そして一夜限りの関係で終わりにせず、エンヤード城まで迎えに来たという筋書きである。

あくどい彼のことだから、なにがあろうと強奪するつもりだったに違いない。

(元聖女のくせに魔法が使えないと知ったら、きっと態度を変えるはずよ)

デズモンドは眉根を寄せ、考え込むようにセシリアを見ている。

(ほら、やっぱり。困っていらっしゃるわ)

だが返ってきたのは、意外な返答だった。

「それが、どうかしたか？」

「え……？」

「この城は、魔法が使えないと暮らしにくいような仕組みにはなっていない。現にオルバンス帝国には、魔法を使える者が少ないしな。魔導士を名乗っていても、火起こしかできないような奴もいる。エンヤード城は、魔法が使えないと暮らしにくいような仕組みだったのか？」

「いいえ、そういうわけではなくて……。その、お耳に入れた方がいいと思っただけです」

「そうか、わかった。君が望むなら覚えておこう」

セシリアの意思を汲《く》むように、深くうなずくデズモンド。

大人びたその行動にまたほだされそうになって、セシリアは小さくかぶりを振った。

なにか困ったことがあればいつでも俺を頼れと言い残して、デズモンドは部屋を出ていった。

（デズモンド様は、私の魔法を期待していない？）

デズモンドが自分を連れ帰った意図がますますわからなくなったセシリアは、狼狽しつつ、ソファーにストンと腰を下ろした。

これまでのループ人生で、エヴァンを四回も殺した残虐皇帝。

さまざまな悪い噂を耳にしてきたセシリアは、彼のことを人の心を持たない醜い獣のように想像していた。

だが実際の彼は、落ち着いた大人で、一緒にいると心が安らぐ。

これからどんなふうに彼に接したらいいかわからなくなり、セシリアはむず痒《がゆ》い思いをしていた。

セシリアの悩みは杞憂《きゆう》に終わった。

そのときを最後に、デズモンドがいっさいセシリアに会いに来なくなったのである。

閨事などもってのほかだ。

（つまらない女だと気づいて、興味をなくされたのだわ）

セシリアはそう解釈し、閨事を強要されないことにホッと胸をなで下ろした。

エヴァンを何度も殺した相手と、もう二度と体を重ねたくない。

セシリアは妃教育を受けながら、後宮にて日々を送ることになる。

時間が空いたときは、王城敷地内にある図書館に行って本を読みふけった。

これまでのループ人生、繰り返し本で知識を蓄えてきたセシリアは、すっかり本の虫になっていた。殊《こと》にオルバンス城内の図書館には見たことのない文献があふれ、いるだけで心が弾む。

おかげで中年女性の図書館長ともすっかり仲よくなった。

ときどき、エンヤード城の図書館長であるシザースが恋しくなるけれど。

（ああ、これはシザースが欲しがっていた〝世界大戦史〟の二十五巻だわ。二十五巻だけ入手困難だとシザースがどこかの人生で言っていたけど、ここにはあるのね。教えてあげたい……）

後宮にいる妃たちは、暇を持てあまし、朝から晩までサロンでおしゃべりを楽しんでいる。

もしくは、日に何度も湯浴みをしたり、行商人が持ってくる化粧品やアクセサリーを買いあさったりと、自分の容姿磨きに夢中だ。

そんな中、本を抱え回廊を行き来してばかりのセシリアは、あきらかに浮いていた。

エリーいわく、皇帝の側妃の中には、本当はデズモンド狙いの女性がたくさんいるらしい。そのため、デズモンドの初めての妃候補として後宮入りしたセシリアは、やっかみの対象になっているようだ。

セシリアだけサロンに呼ばれないのはあたり前。わざとのようにドレスのスカートの裾を踏まれて転ぶこともあった。

だが、今までに百年分くらいのいじめを経験してきたセシリアには痛くも痒くもなく、まったく気にしていない。

サロンに呼ばれない方が気楽だし、転んでも起き上がればいいだけの話である。

エンヤード城にいたときのように、想い人に面と向かって悪態をつかれないぶん、よほど気楽だった。

それにセシリアには、気さくに話しかけてくれるエリーがいた。

それだけでもう、以前に比べたら充分毎日が潤っている。

平然としたセシリアの態度は妃たちの反感をますます煽《あお》り、セシリアは後宮内で孤立していく。


その日セシリアは、礼儀作法の授業後、空き時間で本を借りようと図書館に向かっていた。

すると、中庭にあるガゼボでアフタヌーンティーを楽しんでいた妃たちが、セシリアに気づいてこれ見よがしに悪口大会を始めた。

「なによあの女、地味なドレスばっかり着て。妃になる自覚があるのかしら」

「悪く言ってはだめ。あの方が後宮にいらしてから、デズモンド様のお渡りが一度もないらしいわ。さっそく飽きられているようだから、妃にはなれないかもしれないわね。お気の毒な方なのよ」

ひとりの妃が、セシリアにあからさまな侮蔑の視線を投げかけ、扇子越しにクスリと笑う。

横を通過しただけで、鼻が曲がりそうなほど甘ったるい香水の匂いが漂った。

「いずれは忘れられた妃になることをわかっているから、あえて地味になさっているのかもしれないわ。やはりジゼル様の魅力にはかなわなかったってことね。ジゼル様の後宮入りはいつなのかしら？」

「たしかにおっしゃる通りだわ。美しくて多才なジゼル様がいらっしゃる限り、あんな異国の女の出る幕はないわね」

（ジゼル様？）

初めて聞くその名前に、セシリアは引っかかりを覚える。

自室に戻ってからエリーに尋ねると、すぐに答えが返ってきた。

「ジゼル様はサイクフリート侯爵家のご令嬢です。あの大魔導士エンリケ様を父に持つ、才色兼備なお方なのですよ」

ジゼルの容姿を思い浮かべているのか、エリーがうっとりと夢見るような目つきになった。

「ジゼル様も後宮入りされるの？　先ほど、そんな話を耳にしたわ」

するとエリーが、バツの悪そうな顔を見せる。

「はい。ジゼル様はデズモンド様とは幼なじみで、兄のベンジャミン様はデズモンド様の側近をされているほどの間柄です。いずれ正妃になられるともっぱらの噂ですよ。父親譲りの強力な魔力をお持ちで、二十二歳という若さながら、国内ではエンリケ様を除いて魔法でジゼル様の右に出る者はいないとか。デズモンド様がかたくなに妃を迎えようとなさらないのは、今は魔導士としての業務がお忙しいジゼル様が、後宮入りされる日をお待ちになられているからだとお伺いしました」

「なるほど。正妃候補は、すでにいたのね」

まさか異国から来たしがない子爵令嬢にすぎない自分が正妃になるとは思っていなかったから、取り立てて驚かなかった。むしろ、その方が納得である。

後宮にいる妃たちからも称賛されているジゼルは、さぞかし美しくて華のある女性なのだろう。

（そのうえ、かなりの魔法の使い手なのね。デズモンド様に慕われるのは当然だわ）

ぼうっとそんなことを考えたセシリアは、胸の奥に微かな痛みを覚えてぎくりとする。

（どんな方がデズモンド様の正妃になられようと、私には関係ないわ。どうしてこんなことを考えてしまったのかしら）

戸惑いつつ、セシリアは何事もなかったフリをして、その後もエリーとの会話を続けた。

＊＊＊

デズモンドは、執務室にて書類にペンを走らせていた。

運河の改築工事の資金繰り、税制の再構築案の確認、賢人会議で取り上げる大量の意見書の取りまとめなど、今日も仕事は山積みだ。

即位を来年に控えていることもあり、今では皇帝の仕事のほとんどを委《ゆだ》ねられている。エンヤード王国との友好条約締結を一存で決められたのも、そういった事情からだった。

しかも、旅に出ていたせいで大量のツケが回ってきている。

とはいえどんな小さな事案にも、この国の未来がかかっている。決しておろそかにはできない。

しばらく集中して書類を片づけていたデズモンドだが、ふとペンを持つ手を止めた。

また、あの日のセシリアの姿を思い出したのだ。

デズモンドはこれまで、女が美しいと思う感覚を、自分は持たずに生まれてきたのだと思っていた。父が美妃と称賛する妃も、不快極まる軟体動物としか思えない。

女に興味を示さないため男好きと噂されたこともあるが、それは違う。

男に触れたいなどと思わないし、閨事などもってのほかだ。

性欲など、しょせんは子孫を残すためだけのもの。自分はその役割を担わなければいいだけなのだと、たいして気にせず生きてきた。

だからセシリアをエンヤード城からさらうような形でオルバンス城に連れ帰った日、伝統衣装に身を包んだ彼女を見たときは衝撃だった。

心が震えるほど、彼女を美しいと思ったからだ。

波打つ淡いブルーの髪は、生成りのシンプルな作りのドレスによく映えていた。

ハッとするほど白い肌に、桜色の愛らしい唇。

そしてなによりも、吸い込まれるほど美しいあのエメラルドグリーンの瞳。

まるで百年の時を生き抜いたかのような、神秘的かつ聡明な眼差しを向けられると、体の奥が我を忘れたように熱くなる。

どうして彼女だけ、自分の目にはこうも美しく見えるのか。

白くなまめかしい肌、恥じらう瞳、甘い声、やわらかで心地よい手触り。

もう一度彼女に触れたいと、思わなかった日はない。

そのうえ、次期皇帝の立場を担ってから不眠に悩まされていたが、彼女を抱いた日は記憶が飛ぶほど眠ることができた。彼女との閨事はきっと、デズモンドにとっての妙薬なのだ。

だがデズモンドは、エンヤード城にセシリアを迎えに行って以降、彼女には触れないように意識してきた。

デズモンドの正体を知ったとたん、彼女が怯えるような態度を取るようになったからだ。

(エンヤード王国では、あらぬ噂を立てられているのかもしれないな)

デズモンドは、これまで戦場で派手に暴れ回ってきた。

敵国にしてみれば、悪魔の所業でしかないだろう。

それがきっかけで、冷徹だの残忍だの、はたまた女狂いとまで噂されていてもおかしくはない。噂とは、得てしてそういうものだからだ。

(彼女を怯えさせたくはない。もう少し時間を置こう)

そう自制しつつ、日々を過ごしている。

「政務中にあなたが考え事とは、珍しいですね」

ふいに、背後から声がした。

視線を向けると、漆黒のローブを身にまとった男が立っている。

いたずらっ子のような目をして、デズモンドを見つめていた。

フードから覗く銀色の髪に、同色の瞳。色白で、面立ちはどちらかというと中性的。

漆黒の魔石のペンダントを首にぶら下げている。

ベンジャミン・サイクフリート。オルバンス帝国最強の魔導士にして侯爵でもあるエンリケ・サイクフリートの息子であり、デズモンドの幼なじみかつ側近でもある男だ。

ベンジャミンは気配を消すのが巧みで、瞬間移動でもしてきたのかと疑うくらい、突然現れることがある。もっとも、彼がそんな芸当をこなせないことを、デズモンドは百も承知だが。

「おおかた、異国から連れ帰った彼女のことでも考えていたんでしょう？　あの夜は最高だったとか、どんな贈り物をしたら喜ばれるかとか」

その言い分はあながち間違いでもないので、デズモンドは顔をほのかに赤くして視線を泳がせた。そんな彼の様子を見て、ベンジャミンが驚いたような声を出す。

「あなたのそのような表情は、初めて見ましたよ。なるほど、かなりぞっこんのご様子ですね」

「……まあな」

デズモンドは、素直に自分の気持ちを口にした。

ほかの者の前では隠すところだが、ベンジャミン相手ではその必要もない。

ベンジャミンは一応魔導士を名乗ってはいるが、父親や妹とは違って、魔法の方はからきしだめだった。基本的な火起こし魔法がどうにか操れる程度である。

魔導士として落第の烙印《らくいん》を押され、かつては城から追い出されかけたこともあるが、彼の人柄を気に入っているデズモンドが側近として引き留めた。

デズモンドにとっては、立場ゆえ他人には決して持ちかけられない相談を、腹を割って話すことのできる唯一の存在だ。

「ずっと気になっていることがある」

「なんでしょう？」

「セシリアはなぜ、婚約者を裏切って俺に抱かれたのだろう？　気安く不貞を働くような女には思えない」

「王太子に嫌われていたと、エンヤード王がおっしゃっていましたよね。それで嫌気が差したってところじゃないですか？　調べたところ、あの王太子こそ、堂々と不貞ばかり働いていたようですよ。声しか聞いてないですけど、なんかちょっとめんどくさそうな人でしたよねー」

エンヤード城でのひと悶着の様子は、デズモンドが懐に忍ばせている魔石を通じて、ベンジャミンにも伝わっている。

「それなら、誰でもよかったということか」

デズモンドの声が低くくぐもる。

「そういうわけでもないのでは？　セシリア様にも選ぶ条件はあったでしょう。あなたはそれをクリアしたわけですから、好意を抱かれているととらえていいかと思います。それにしても、女性のことで悩むあなたのお姿はやはり新鮮ですね」

そこでベンジャミンが、今までのヘラヘラとした雰囲気から一転して真面目な顔つきになった。

「とにかく、あなたが女性嫌いを克服してくれて本当によかったです」

切なげな声に吸い寄せられるように、デズモンドはベンジャミンの顔を見る。

彼らしくない年長者じみた笑みを浮かべるベンジャミンは、デズモンドが女を忌み嫌うようになった理由をわかっているのだろう。

話題にしたことはないが、幼い頃からずっと一緒にいるので、なんとなくは感じている。

ベンジャミンの意味深な微笑みに導かれるように、デズモンドは過ぎ去った過去に思いを巡らせた。

伯爵令嬢だったデズモンドの母が父に見初められたのは、十六歳の頃だった。

オルバンス城で開かれた、年に一度の大舞踏会の折だったらしい。

すでに正妃がいたが、父は黒髪の美しい乙女にぞっこんになった。早急に後宮入りが決まり、母を特別かわいがるようになる。

正妃はすっかり蔑ろにされてしまったにもかかわらず、若い側妃をやっかみはしなかった。オルバンス帝国きっての高位貴族の出で、複数の魔法を使いこなす才女だったが、自分の能力を笠に着ることもなく、母を妹のようにかわいがった。

その状況は、側妃の子——すなわちデズモンドが生まれてからも変わらなかった。

正妃はデズモンドを我が子同然にかわいがり、自身の子のグラハムと分け隔てなく接した。デズモンドも、優しくおおらかな正妃にすっかり懐いていた。

だが、状況が一変した。

母が原因不明の病に侵され、徐々に衰弱し、ついには帰らぬ人となってしまったのである。

遺体に残された魔法斑を調べて初めて、母の衰弱の原因が、繰り返しの暗黒魔法によるものと判明する。暗黒魔法だとはわからないように巧妙にかけられていたため、誰にも見抜けなかったのだ。

魔法斑とは、魔法をかけられて死んだ際に出る死斑のことをいう。生前に強力な魔法を使った場合、死後に浮き出ることもあった。

そして母の死から数日後、続いて正妃も、何者かにまがまがしい暗黒魔法をかけられて突然死する。

一撃で死に至る暗黒魔法は、大魔導士エンリケですら操れない最高難易度の魔法だ。

城中が戦慄《せんりつ》する中、正妃の遺体に、生前に繰り返し暗黒魔法を使った者特有の魔法斑が浮かび上がる。

さらには、部屋の奥にあった隠し部屋から、ナイフでズタズタにされた母とデズモンドの肖像画が発見された。

巧妙な暗黒魔法でデズモンドの母を殺害したのは、正妃だったのだ。

表では慈悲深く寛容な女性を演じながら、裏では父を奪った母とその子どもであるデズモンドを憎しみ続けていたらしい。

彼女が生きていたら、おそらくデズモンドも殺されていただろう。

正妃を一撃の暗黒魔法で殺害した者は、いまだにわかっていない。

正妃を信じきっていたデズモンドは、それ以来女という生き物に嫌悪感を抱くようになった。ちょうど同じ頃、将来を期待されていた彼に言い寄る女が後を絶たなかったのも要因である。

裏表がありしたたかで、ろくに知識を蓄えもせず、武芸を磨くわけでもなく、権力のある男に気に入られるためだけに日々を費やす女たちの生きざまは、デズモンドにとって不快でしかなかった。

女同士で争い、いがみ合うのも、とてもではないが見ていられない。

甘ったるい香水の匂いをまき散らしながらベタベタと体を擦り寄せられるたびに、不快感から嘔吐《おうと》する日々。そんなときデズモンドの介抱をしてくれたのは、決まってベンジャミンだった。

大魔導士の子どもとして生まれながら、火起こし魔法しか使えないベンジャミンは、子どもの頃から魔導士仲間に蔑まれていた。妹のジゼルが優秀だったせいで、彼の不出来さがより際立ったというのもある。

デズモンドはその頃、一見能天気でなにも考えていない落第魔導士が、本当は誰よりも人の感情に敏感であることを知った。そして高位貴族にしては珍しく、飾りのない優しさを持っていることも。

だから、側近としてそばに置こうと決めたのだ。

ベンジャミンが、不思議そうに顔をかしげる。

「ですがそれほどセシリア様のことを気に入られているのに、塩対応すぎやしませんか？　まったく会いに行かれていないですよね。後宮では妃たちに冷たくされているようですよ」

「そうなのか？」

デズモンドは語気を強めたものの、ためらうようにペンを握り直し、中断していた書類仕事を再開した。

「……だが、セシリアは俺を怖がっている、不用意に近づかない方がいい。彼女を怖がらせたくはないからな」

「それほど大事に想われているってことですね。でも不用意に近づかないって、いったいいつまでですか？」

「それは……わからない」

「なるほど。あなたは色恋に関しては、ドのつく素人ですもんね。セシリア様を思いやるお気持ちには称賛したいですが、いつまでもこの状態だと、安心してもらえるどころか眼中にないと思われて、完全に心が離れてしまいますよ」

ベンジャミンの返答に、ぐうの音も出ない。

それは、デズモンドが最も懸念していたことだったからだ。

怖がらせずに彼女と親しくなる方法が、まったくわからないのである。

「しょうがないですね。ここは年上らしく、ひとつ助言をいたしましょう」

渋面《しぶつら》を見せたデズモンドに、落第魔導士はにやついた笑みを向けた。

「これも調べたことなのですが、セシリア様はなんでも、エンヤード城では〝役立たずの聖女〟として王太子以外からも疎まれていたらしいですよ」

「役立たずだと？　セシリアがか？」

そこにいるだけで活力がみなぎるほどの清々しい女なのに、役立たずと無下にするなど、エンヤード城の人間はずいぶんと見る目がない。

「はい。おそらく、彼女が魔法を使えないことが主な原因だと思われます。加えて王太子にとことん嫌われていましたからね。周りの彼女への態度も、自然と冷ややかになったのでしょう」

「そうだったのか」

　あのつつましやかな女の正体が、エンヤード王国の聖女であり王太子の婚約者だと知ったときは、驚いたものである。

　デズモンドの知る限り、権力を持った女は高慢になりがちだ。

　だがセシリアには、そういった様子はまったく見受けられなかった。

「そのような環境で長い間お過ごしになられていたので、セシリア様はおそらく、自信を喪失されています。つらいお気持ちに寄り添い、あなたにはセシリア様が必要だと上手に伝えれば、きっと心を開いてくださるのではないでしょうか？」

　ベンジャミンの声を聞きながら、デズモンドは以前のセシリアとの会話を思い出していた。

　――『私は、魔法が使えないのです』

（唐突になにを言いだしたかと思えば、そういうことだったのか。魔法が使えない自分を、俺が見限ると思ったんだな。魔法が使えないため、エンヤード城では蔑ろにされていたから）

　彼女ほどの女を長い間そばに置きながら、手ひどく扱い、心をもかき乱したあの王太子に今さらのように怒りが込み上げる。

それにどうやら、デズモンドが到着する前に、セシリアはあの王太子に殴られたようだった。デズモンドは王太子を殴り返したい衝動に駆られたが、彼女を手中に収めるためには得策でないと考え、冷静さを取り戻したのである。

だが次に彼に会ったら殴らずにいられるか、自分でもわからない。

(不貞を働くことで王太子との縁を切り、つらい日々から解放されたかったのか。処罰されるのを覚悟のうえで)

セシリアがデズモンドと関係を持ったことにより、聖女の証をはく奪されたと知ったのは、エンヤード城に着く直前だ。たとえ王太子の婚約者のままでもあらゆる権力を行使して奪うつもりだったが、処刑されかけている状況はデズモンドにしてみれば好都合だった。

(おそらく彼女は、不貞を働いたら聖女の証を失うと知っていた。それでも思いきったのだ。きっと、その方法しか残されていなかったのだろう)

先ほどは、抱かれる相手が誰でもよかったのかもしれないと胸がざわついたが、彼女が選んだのが別の男でなくてよかったと思う。

(新たな地で、セシリアがセシリアらしく生きられるよう手助けしてやりたい)

そしてベンジャミンの言うように、少しでも心を開いて、本当のデズモンドを見てくれたなら本望だ。

＊　＊　＊

セシリアがオルバンス城の後宮に入って、二週間が過ぎた。

デズモンドがセシリアを訪ねてくることは、昼も夜もまったくない。

加えてデズモンドは主に政務室のある西棟、セシリアは後宮にいるため、出くわすこともなかった。

後宮の妃たちからは遠巻きに見られつつ、エリーと楽しく過ごす、それなりに充実した日々が過ぎていく。

処刑を覚悟していた身としては、九度目の今回の人生はおまけのようなものだと思っている。おまけでこれであれば贅沢《ぜいたく》だ。

それなのにセシリアは、ときどき奇妙な寂しさを覚えるようになっていた。

とくにデズモンドの正妃候補であるジゼルの話題を耳にしたとき、決まってズキッと胸が痛む。

だがそれがなぜなのか考えてはいけない気がして、目を背けつつ暮らしていた。

それは唐突な出来事だった。

ある日の湯浴み後、セシリアがエリーを相手に話をしていると、ドアをノックする音がした。

「俺だ。入っていいか？」

久々に聞く、デズモンドの声だ。

彼の来訪はこの先もうないと思っていたセシリアは、驚いて会話を中断する。

（どうしましょう、こんな姿で。でも、帰ってくださいとも言えないし）

セシリアは今、白のシルク素材の夜着を身にまとっていた。普段着ているドレスよりも薄手で、胸もとが広めに開いている。

すでに素肌を見せた関係とはいえ、異性にこのような姿を見せるのは恥ずかしい。

エヴァンの前でも、これほど露出した服を着たことはなかった。

「……はい、どうぞ」

戸惑いながらも答えると、すぐにデズモンドが部屋に入ってきた。

今日はエンヤード城からの帰りにずっと着ていたような、漆黒の騎士服に身を包んでいる。今の今まで政務中だったようだ。

デズモンドは立って彼を出迎えるセシリアを、上から下までじっと眺めた。

それからやや気まずそうに視線を逸らす。

「お座りになられてください」

セシリアはデズモンドをソファーに案内すると、自身も向かいに座った。

エリーが紅茶を淹れて、デズモンドに給仕する。

彼は黙ってそれに口をつけていた。

「私、出ていますね」

気をきかせたのか、エリーは部屋の外に出ていってしまった。

（エリー、行かないでほしかった）

デズモンドとふたりきりになっても、なにを話せばいいのかわからない。そもそも彼は、どうして興味をなくしたはずのセシリアに会いに来たのだろう？

（忙しい政務を終えて早々、役立たずの私なんかを訪ねても、デズモンド様にはなんの利益もないのに）

動揺しているセシリアとは裏腹に、デズモンドはしごく落ち着いた口調で話しかけてきた。

「なにか困っていることはないか？」

「いいえ、とくにございません。とても快適に過ごさせていただいています」

（異国から連れ帰った立場として、多少は責任を感じてらっしゃるのね。それとも優しいフリをして、やっぱりなにか企んでいるのかしら？）

なにせ、エヴァンを四回も殺したあの悪名高い彼である。

快適な衣食住を与えられているからといって、油断してはならない。

「それならよかった。だが、父上の側妃たちからあまりいい待遇を受けていないと聞いたが」

「そうかもしれませんけど、とくに気にしていません」

「そうなのか？　女の世界は怖いと聞くが」

セシリアは今、いわゆる〝ハブにされている〟という状態なのかもしれない。だが何度も人生をやり直し、そのたびに想い人から辛辣な言葉を浴びせられてきた経験からすれば、なんのダメージもない。

だからデズモンドに向けてにっこりと微笑んだ。

「平気ですわ。そもそも、美しいお妃様方にとって、私のような者が目障りなのは当然のことですし。心配なさらなくとも大丈夫です」

するとデズモンドが、訝《いぶか》しげに眉を上げる。

「当然のこと？　なぜそう思う？」

「なぜって、それは……」

――『まだ魔法が使えないのか？　聖女の名が泣くな』

――『一度でいいから役に立って、俺の顔を立ててほしいものだ』

過去に繰り返し聞いたエヴァンの声が、耳によみがえる。

なぜもなにも、セシリアが役立たずなのは紛れもない事実であり、人生を何度やり直してもひっくり返るものではない。

異国から来た役立たずの自分が、皇太子の気まぐれで、妃の座に収まろうとしているのだ。王族の寵愛を得るために必死な側妃たちにしてみれば、腹も立つだろう。

だがそれらの考えをどう言葉にしたらいいかわからず、セシリアは口を閉ざした。

するとデズモンドが、ティーカップをソーサーに置き、まっすぐにセシリアを見つめてくる。

「セシリア。君みたいに知性があって勇気のある女を、俺はほかに知らない」

澄んだ青空に似た瞳で真っ向から射貫かれ、心臓がドクンと大きく跳ねた。

「……なぜ、そんなことをおっしゃるのです？　皇太子殿下は私のことをよく知らないではないですか」

「そうだな。一緒に過ごした時間はまだわずかだ。それでも、わかるものはわかる。

一度肌を重ねたからかもしれない」

唐突に禁句のようになっていたあの夜のことを口にされ、セシリアはカアッと首のあたりまで赤くなる。

彼の顔が直視できなくなって視線を逸らすと、膝の上に置いたセシリアの手に、伸びてきた手が重なった。セシリアの白く頼りない手よりもひと回り大きいその手は、ハッとするほど温かい。

「図書館長から聞いたぞ。君は毎日のように図書館に入り浸って、この国の文化や歴史を自ら学んでいるそうじゃないか。教育係も、君ほど才識豊かな生徒にはいまだ会ったことがないと称賛している。毎日茶会に興じているより、探求心を持って知識を蓄える女の方が、俺からしてみればよほど魅力的だ」

（それは、無駄に人生を繰り返しているからだわ。望んだことではないけど、勝手にいろいろな知識が身についちゃったし、勉強をする癖もついてしまったのよ）

しかもどんなに努力をしても、結局エヴァンに愛されなかった。

それでもデズモンドに褒められたことで、少しだけ気分が高揚する。

重ねられた彼の手に、自然と意識が向いていた。

男らしい硬質な肌の感触に、そわそわと落ち着かない気持ちになる。

そのとき、バツが悪そうに語ったエリーの声が耳によみがえった。

――『父親譲りの強力な魔力をお持ちで、二十二歳という若さながら、国内ではエンリケ様を除いて魔法でジゼル様の右に出る者はいないとか』

高ぶった心に、陰が落ちた。

役立たずのくせに、自分はなにを調子に乗っていたのだろう。

「でも私は、魔法が使えませんし……」

唯一使えた時空魔法も、もう使えない。

使えたとしても、デズモンドが知る由もないことではあるが。

幼い頃から水魔法を自在に操った義妹のジョージーナに、火魔法の達人のマーガレット、土魔法を使えるエヴァン。

――『この子が新聖女かね？　魔法が使えないとは嘆かわしい。どうしてダリス神はこのような惨めな娘を聖女にお選びになったのだ』

――『え、嘘でしょ？　聖女なのに魔法が使えないの？　私の方がよほど聖女にふさわしいじゃない』

――『魔法すら使えぬ聖女を、俺が婚約者と認めると思うか？』

繰り返し耳にした嘲りの言葉を思い出す。

魔法が使えないことで罵られるのは、慣れれば平気だった。だが、そのせいでエヴァンの役に立てなかったことは、今でもつらい。

魔法を巧みに操れたら、戦地で死に瀕《ひん》している彼を救えたかもしれない。彼を死に至らしめた病気や事故を、未然に防げたかもしれない。

苦肉の策でエヴァンを救えた今も、セシリアは悔しさで胸が苦しくなる。

唇を震わせていると、重ねられた手に力がこもった。

「それがどうした?」

男らしい響きの声が耳朶を打って、セシリアは再び正面に顔を向ける。

スカイブルーの瞳が、先ほどと変わらず、まっすぐにセシリアを見つめていた。

「俺も、魔法は使えない」

セシリアは大きく目を見開いた。

彼はたしか強力な暗黒魔法の使い手だ。ループ人生で、オルバンス帝国と戦争が始まるたびにその噂が流れ、エンヤード城の者たちが震え上がっていたのを覚えている。

暗黒魔法によって、エヴァンを殺された人生もあった。

「え……? でも、暗黒魔法をお使いになるでしょう?」

「暗黒魔法? そのような噂をどこで耳にした?」

「エンヤード城です。オルバンス帝国の皇帝……皇太子は強力な暗黒魔法を操ると」

「とんでもないデマだな。やはり噂というものは恐ろしい」

口角を上げて、おもしろがるようにデズモンドが言う。

「俺は暗黒魔法どころか、魔法をいっさい使えない」

「嘘……」

「本当だ。君に嘘はつかない」

（じゃあ、五度目の人生でエヴァン様を暗黒魔法で殺害したのは誰なの？）

あのとき、エヴァンの遺体を検分した魔導士は、暗黒魔法に一撃でやられたと言っていた。これほどの強力な暗黒魔法であれば、おそらく皇帝デズモンドの仕業だろうとも。

だが今、セシリアに真摯な目を向けているデズモンドは、言葉通り嘘をついているようには見えない。

「それでも俺は、魔法が使えない自分を誇りに思っている。そのぶん武術や剣術を磨き、知識を深め、人の気持ちを考えるようになった。君もそうだろう？　たくさん努力をしてきたから、今の君がある。そんな君の人生を、俺は愛しく思う」

愛の告白とも取れるセリフをさらりと口にされ、セシリアはとっさに赤面する。

彼はセシリア自身でなく、セシリアの人生を愛しいと称えただけなのに。

(そんなふうに考えたことはなかったわ)

セシリアが努力を重ねたのは、すべてエヴァンに好かれるためだ。結果うまくいかず、無駄な努力、無駄な繰り返し人生になったと嘆いていた。

だが今、デズモンドがくれた言葉で、自分がしてきたことは無駄じゃなかったのかもしれないという考えが生まれる。

(九度目のこのおまけの人生に、誇りを持って生きてもいいの?)

すがるようにデズモンドを見つめると、セシリアの気持ちがわかっているかのようにうなずいてくれた。

「これまでのことはすべて忘れて、君はこの国で、君らしく生きるといい」

「デズモンド様……」

これまでセシリアは、たったひとり、誰にも頼らずに長い時を生きてきた。

嘲笑、失敗、愛されないふがいなさ。そんなものを延々と繰り返しながら。

こんなにもセシリアの心に寄り添ってくれる存在は、どの人生にもいなかった。

ひたすらエヴァンだけを慕い続ける人生。だがそのエヴァンはセシリアを忌み嫌い、心に寄り添ってくれた思い出など皆無だ。

悲しくてつらいけれど、それが自分の運命だと思っていた。

だが今、目の前のこの人は、濁りのない目で手を差し伸べようとしてくれている。

どう答えたらいいかわからず、セシリアがデズモンドを見つめたまま放心している
と、ふいに彼がセシリアの胸のあたりに視線を移した。それからわずかに顔を赤らめ、
急くようにして立ち上がる。

「これ以上ここにいたら、去りがたくなる。もう行くぞ」

「あの……！」

気づけばセシリアは、ドアに向かう彼を、立ち上がって呼び止めていた。

デズモンドが足を止め、こちらを振り返る。

「……また、明日も来てくれますか？」

そんな言葉が、口から自然とこぼれ落ちていく。

デズモンドが、スカイブルーの瞳をわずかに見開いた。

やがてその口もとに、うれしそうな笑みが浮かぶ。

いつもの大人びた笑みとは違う、どこか少年じみた、無邪気な笑い方だった。

「ああ、もちろんだ」

そう言い残すと、デズモンドは部屋から出ていった。

ドアが閉まると、セシリアは力尽きたようにストンとソファーに腰を下ろす。

いまだに、顔が熱い。

自分が今どんな顔をしているのかわからないが、彼に見られていたと思うとたまらなく恥ずかしかった。

しばらくぼうっと熱の余韻を感じていたセシリアだったが、徐々に正気を取り戻す。

そして、今度はサアッと顔を青くした。

「私、あの方にどうしてあんなことを言ったのかしら……？」

宿敵のはずの彼に、また会いたいというようなことを伝えたように思う。

エヴァンを殺した相手に心を許すなど、あってはならない。

だがあんなふうに言われたら、誰だって心を許してしまうのではないだろうか？

とりわけ、延々と続く孤独を生きてきたセシリアにとって、デズモンドの甘い言葉は劇薬のようだった。

そうこうしているうちに、エリーが部屋に戻ってくる。

「急にお渡りがあったから驚きましたよ。音沙汰なしだったから不安でしたが、デズモンド様のあのご様子からして、セシリア様をやはり大事に思われているようですね」

両頬に手をあてがい、恋に夢見る乙女のように、そばかす顔をにんまりとさせているエリー。だがセシリアが反応せずにいると、すぐに真顔に戻った。

「セシリア様？　顔色がお悪いようですが、どうかされましたか？」

「エリー。私、あの方がどういう方かわからなくなってしまったわ……」

セシリアは微かに声を震わせた。

エヴァンが初めて彼に殺されたのは、二度目の人生のときだった。

戦地から長い旅を経てエンヤード城に戻ってきた、防腐処理をほどこされたエヴァンの遺体と対面したときのことは、今でも鮮明に覚えている。

閉じられた瞼《まぶた》に血の気を失った唇、青白い顔。まるで蝋《ろう》人形のようだった。喉もとには痛々しい傷。

戦場にてデズモンドと一騎打ちの末、剣で喉を貫かれたらしい。

あのときの絶望を忘れるものかと胸に誓い、デズモンドを憎みながら人生を繰り返してきた。

それなのに今、宿敵のはずの彼にたまらなく惹かれている。

混乱で、頭がおかしくなりそうだ。

「聞いていた話とずいぶん違うから、不安になって……」

エリーはそんなセシリアに近寄ると、励ますように肩をさすった。

「セシリア様、ご自分の目を信じてください」

優しい声に導かれ、セシリアは顔を上げる。

セシリアを安心させるように、エリーが優しく微笑んだ。

「あなたがご自分で見て感じたことこそが真実だと、私は思います」

「私が見て感じたこと……？」

セシリアは、これまでのループ人生の記憶を手繰り寄せる。

皇帝デズモンドの悪評はさんざん耳にしてきた。

エヴァンも血眼になって彼を罵り、成敗しようと躍起になっていた。

だがセシリアは、今回の人生まで、一度もデズモンドに会っていない。

デズモンドについて得た情報は、すべて噂からである。

そして、彼が暗黒魔法の使い手という噂は嘘だった。

(でも今は、じかにデズモンド様を見て声を聞いているわ)

彼は余裕に満ちた大人の男で、懐が深く、とても優しい。

そのうえ、天涯孤独のセシリアに寄り添おうとしてくれている。

子どもじみたところがあって、いつも不機嫌で冷たかったエヴァンとは、対極の存在だ。

――『これまでのことはすべて忘れて、君はこの国で、君らしく生きるといい』

「デズモンド様は、とてもいいお方だわ」

素直にそう認めたとたん、羽が生えたかのように心が軽くなった。

セシリアの答えを聞いて、エリーがうれしそうに微笑む。

「はい。皇太子殿下は、国民のために自ら戦地に身を投じ、政策に奔走する素晴らしいお方です。オルバンス帝国で生まれ育った私は、そのことを骨身に染みて知っています」

「そうなのね」

セシリアも、エリーに微笑み返した。

凝り固まった考え方を解放した今ならわかる。

デズモンドにとって、唐突に侵略してきたエヴァンは、敵以外の何者でもない。

自国を守るために彼を葬り去ることこそが、彼の使命なのだ。

国の英雄は、敵国から見れば魔物だ。エンヤード王国で長い時を過ごしてきたセシリアは、広い視野で物事を見ることができないでいた。

(私の心に寄り添おうとしてくれている、デズモンド様の気持ちにお応えしたい)

彼が信じてくれるなら、がんばれる気がする。

九度目の最後の人生、この異国の地で、自分らしく生き抜いてみせる。

セシリアは心の内で、そっと誓いを立てた。

度重なる人生の中で一度も味わったことのない、清々しい気持ちだった。

＊　＊　＊

シロツメクサが、そよぐ風に揺らいでいる。

芝生の上に腰を下ろしたエヴァンは、その素朴な白い花を、なにをするでもなくただ眺めていた。

上空には青い空が広がり、白い雲が浮かんでいる。

それなのに心は晴れるどころか、ぽっかりと穴があいたように空虚だ。

ティーパーティーはもうとっくに始まっている時間だが、行く気になれない。エンヤード城の片隅にある、忘れられたようなこの場所で、ひとりいつまでも呆《ほう》けていたい気分だった。

「エヴァン殿下、こんなところにいらっしゃったのですね！」

甲高い女の声がして、静寂が破られる。

視線を上げると、フリルだらけの派手な紫色のドレスを着たマーガレットが、目の前に立っていた。

「パーティーはもう始まっていますわよ！　さあ、行きましょう」

マーガレットはしなをつくると、ねっとりとした手つきでエヴァンの腕に触れた。

不快感に背筋が粟立《あわだ》って、エヴァンは顔をしかめる。

「どうかされましたか？　ようやくあの偽聖女がいなくなったというのに、元気がありませんわね」

マーガレットはますますエヴァンに身を寄せ、腕を絡ませてくる。

その腕を、エヴァンは勢いよく振り払った。

「その話を、俺の前でしないでくれないか」

冷ややかな口調で告げると、マーガレットは驚いた顔を見せたものの、すぐにいつもの婀娜《あだ》な表情に戻った。

「そうですわね。あんな女のことなど、考えたくもないでしょう。それにしても市井に出て男をあさるなど、考えただけで寒気がしますわ。聖女どころか、同じ女としてもおぞましい所業です。しかも異国の皇太子をたぶらかすなんて、本当に下衆な女ですわ」

マーガレットが、大げさに身震いをする。

そんな彼女に、エヴァンは突き刺すような視線を向けた。

「その話をするなと言っているんだ。君は頭が悪いのか？」

辛辣な言葉を凍てつく声で放たれ、マーガレットはようやく口を閉ざした。

「パーティーには参加しない。ひとりで行ってくれ」

「ですが、エスコートを――」

「行くんだ」

有無を言わさぬ口調で言いきる。

マーガレットはようやく観念したようで、ふて腐れた顔でその場から立ち去った。

ひとりになったエヴァンは、再びシロツメクサを眺める。

――『あなたは、ダリス神が遣わした聖人なのですか？』

いつしか、初めて会った日のセシリアの無垢な瞳を思い出していた。

あの瞬間、おそらくセシリアはエヴァンに惚れたのだ。

セシリアはいつもエヴァンに従順だった。優しく接していた頃は花がほころぶような笑顔を見せ、冷たくしてからはなんとも悲壮な顔を見せた。

彼女の傷つく顔を見るたびに胸に湧いた、燃えるような充足感が忘れられない。

エヴァンがなにをしようと、セシリアはエヴァンに好意を寄せていた。

セシリアの自分への想いは、このシロツメクサの愛らしさが永遠であるように、揺るぎないものだったはずだ。

それなのに彼女はもう、そばにいない。

怯える顔も、悲しむ顔も、機嫌をうかがう顔も見ることができない。

「……くそっ」

むしゃくしゃしたエヴァンは、悪態をつきながら目の前で揺れるシロツメクサを引きちぎった。ぐしゃっと拳を握って開けば、粉々になった白い花びらが、風にさらわれ散っていく。

エヴァンと新たな聖女であるミリス・フォンターナの婚約の儀は、半年後に決まった。ピンク色の髪にどんぐりのように大きな目をした、まだ六歳の少女だ。

ちらりと見ただけだが、あの少女と自分が添い遂げる未来など微塵《みじん》も想像できない。

それでも彼女の身に伝聖が起こった以上、この国のしきたりにあやかって、次期国王であるエヴァンの正妃に収まらなければならないだろう。

婚姻はミリスが十三歳になるまで待つとのことだが、さすがに十六歳も年が離れているのは気が乗らない。

（いや、たとえ年が近かったとしても無理だ）

エヴァンの隣にいるのは、あのエメラルドグリーンの澄んだ瞳をした女でなければならなかった。彼女はエヴァンだけを愛し続ける宿命のもとに生まれたからだ。

（なのに、裏切った）

シロツメクサを踏みつけながら、エヴァンは立ち上がる。

迷路のように垣根が入り組んだ庭園をしばらく行くと、木陰でひとり本を読んでいる少年に出くわした。

深緑色のジュストコールに身を包んだ、赤毛で体の線の細い、おとなしそうな少年である。

年は十四歳。エンヤード王国の第二王子、エヴァンの弟のカインだった。

エヴァンに気づいたカインが本から顔を上げ、「兄上」と呼びかけてくる。

「カイン、パーティーには今日も参加しないのか？」

「はい。どうもああいうのは苦手で……。お兄様こそ、主賓なのにこんなところにいてよいのですか？」

「今日は気乗りがしなくてな」

「お兄様でも、そういう気分のときがあるのですね」

驚いたようにカインが言う。

彼はエヴァンと違って見てくれも言動も地味なため、普段は目立たない。

社交の場にもほとんど姿を見せず、こうして隠れて本を読んでばかりいるので、エンヤード王国に第二王子が存在することを忘れている者すらいるほどだ。

「お前は、相変わらず本の虫だな」

「この物語、すごくおもしろいんです。よかったらお貸ししましょうか？」

「いや、いい。俺は物語というものはどうも苦手でな」

「そうですか……」

カインが残念そうに言う。いつ会っても、喜怒哀楽がわかりやすい少年だ。

そんな純粋な弟に、エヴァンはときどき嫌気が差す。

彼がなんの努力もしてこなかった証《あかし》だからだ。

エヴァンが幼い頃から王太子としての重責を背負い、いくつもの仮面をつけて奔走してきたことなど、知る由もないのだろう。

カインと別れてしばらく歩くと、喧騒が近づいてきた。軽やかな管弦楽の音色に、貴族の女たちのつくったような甲高い笑い声。パーティー会場に戻ってきたのだ。

だが参加する気にはなれず、エヴァンは遠巻きに様子を眺めることにした。

白いクロスのかかった丸テーブルがそこかしこに設置され、紳士淑女がティーカップを手に談笑している。テーブルの上には、マカロンやタルトなどの色鮮やかな菓子が盛られた、銀の三段トレイが置かれていた。

会場の真ん中で、マーガレットが若い男にベタベタと身を寄せている。

彼はたしか宰相の息子だ。権力があり見てくれのいい男なら、あの女は誰でもいいのだ。

そんなことにはとっくに気づいていたし、だからといってどうでもいい。

セシリアがいるときは、パーティーで女を侍らし豪遊するのが楽しくて仕方なかった。彼女がエヴァンに蔑ろにされて傷つく姿を見るのが快感だったのだ。

『あなたに愛されたい』と訴えかける、今にも泣きそうなエメラルドグリーンの瞳を見たかった。

だがセシリアのいない今は、パーティーなど味気ないものとしか思えない。

――『触れずにいられるか。情を交わした相手だ』

突如稲妻のように、セシリアを迎えに来た、全身黒ずくめの黒豹《くろひょう》のような男の姿が脳裏によみがえった。

とりわけ、威圧感を放つあの碧《あお》の瞳が頭から離れない。

（セシリアは俺のものだ。あんな男のものになっていいわけがない）

狡猾《こうかつ》な、まるで悪魔のような男。

己の力を見せつけるためにいずれ侵略を目論《もくろ》んでいたオルバンス帝国の皇太子となれば、憎しみも倍増だ。

（許してなるものか）

もはや、王太子である自分の立場などどうでもいい。この国の未来にすら興味がなくなった。

オルバンス帝国の皇太子デズモンドへの憎しみだけで、エヴァンは惰性のように生きている。

だが戦場で数々の栄えある功績を残している彼のことだ、ひと筋縄ではいかないだろう。

より狡猾な手段でないと、あの悪魔の息の根は確実に止められない。

（必ず消してやる）

エヴァンは歯を食いしばりつつ、濁ったグレーの瞳で、きつく前方を睨みすえた。

五章　元聖女の生きる道

突然の来訪以降、デズモンドは毎夜、セシリアに会いに後宮に来るようになった。

だからセシリアは、以前のようなはしたない格好で出迎えることのないよう、湯浴み後も襟まで詰まったドレスを着ている。

デズモンドはいつも優しくセシリアに接してくれた。

彼の醸し出す大人の空気に包まれていると、心が安らぎ、セシリアは無垢な少女のようにたくさん語った。

六度目の人生で魔法修行に出たときに知った、伝説の魔導士の話。七度目の人生でアクセサリーについて勉強していたときに知った、世にも珍しい宝石の話。八度目の人生で疫病の薬を開発していたときに目のあたりにした、エンヤード城内の研究所で作られている毒薬の話――。

『本当に君はいろいろなことを知っているな。まるで何度も人生を経験したみたいだ』と冗談口調で言われ、ドキッとしたこともある。

デズモンドはどんなセシリアの話にも真剣に耳を傾け、驚くほどの記憶力で知識を吸収していった。

そんなふうに、毎回エリーの淹れてくれた紅茶を飲み、ふたりで話をするだけなのだが、傍目からはセシリアがデズモンドの寵愛を受けているように見えるらしい。

デズモンドの後宮通いが皆無だった頃、セシリアは周囲から嘲りの目を向けられていたが、最近は嫉妬むき出しの目で見られるようになっていた。


ある日のことだった。

妃教育の合間を縫って、その日も図書館に足を運んだセシリアは、書庫の奥から古びた本を見つける。それは、とある魔導士が記した時空魔法の専門書だった。

（時空魔法の専門書なんて、初めて見たわ）

一般的魔法である火・水・風・土魔法の本ならよく見かける。次いで見かけるのが、特殊魔法である治癒・暗黒魔法の本だ。

時空魔法が使える者は、これまでの歴史において数えるほどしかいなかったせいか、詳細に書かれた本は見たことがなかった。専門書が存在したなど驚きだ。

セシリアは、その本を夢中になって読んだ。

今まで知らなかった時空魔法の知識が、事細かに書かれている。

（なるほど。時空魔法を発動したときに戻る場面は、自分が強く心に思い描いた場面なのね。毎回十八歳のときのあの場面に戻るのは、エヴァン様がおそらく肉体的にピークを迎えていた頃だからだわ。二十二歳を過ぎたあたりから、エヴァン様はますます女性遊びが激しくなっていつも疲れているようだったもの。エヴァン様が亡くなられた瞬間、私は無意識に最も健康そうだった頃のエヴァン様を強く心に思い描いていたのね）

時空魔法のコントロールの仕方を、今さらながら学ぶ。

過去に時空魔法を使った者のうち、多くが八回までに死んだという具体的な記述まである。九回以上は生存者がひとりも報告されていないとのこと。

もっとも、時空魔法を使うと他人には記憶が残らないので、多くはその者が死んだ後で初めて発覚するらしい。

死後、もしくは死に瀕したとき、舌に時空魔法を使った数だけ白線が現れるのだ。

いわゆる魔法斑と呼ばれるものだった。

（知らなかったわ。限度は八回とあるけど、七回までに命を落とした人も多いのね。八回使えただけでも私は幸運だわ）

セシリアが改めて身震いしていると。

「ずいぶん真剣に読んでおられますね。時空魔法に興味がおありなのですか？」

突如背後から声がして、セシリアは肩を跳ね上げた。

振り返ると、黒のローブを身にまとった銀髪の男がいる。

中性的な顔立ちの、不思議な魅力のある男だった。

(びっくりした。まったく気配がしなかったわ)

驚きで言葉を失っているセシリアに、男が屈託のない笑みを浮かべる。

「急にお声をおかけして申し訳ございません。僕は、魔導士のベンジャミン・サイクフリートと申します」

「ベンジャミン様？　皇太子殿下の側近の方ですか？」

「ええ、そうです。いや～、ご存じとはうれしいな」

てへへ、と頭のうしろをかきながら、うれしそうに目を細めるベンジャミン。

皇太子の側近というイメージから、厳格で隙のない人を想像していたが、ずいぶんと親しみやすそうである。

セシリアは我に返ると、改めてスカートをつまんでお辞儀をした。

「初めまして。私は、セシリア・ランスローと申します」

「ええ、存じています。こうしてお会いするのは初めてなんですけどね、以前からこっそりお声やお姿は拝見させていただいていたんですよ」

ベンジャミンについては、セシリアもデズモンドから何度も話を聞いた。

大魔導士エンリケの子ながらほとんど魔法が使えず、落第の烙印を押されている魔導士であり、デズモンドの知己の友。そして正妃候補のジゼルの兄でもある。

ベンジャミンのことを語るとき、デズモンドは決まって楽しそうだった。

見ているだけで大好きなのがわかるほどに。

どんな人なのかと前々から興味は抱いていたが、このような雰囲気の人なら納得だ。

「私も、皇太子殿下からベンジャミン様のお噂はよく耳にしています」

「本当ですか？　なにを言われているのか、ちょっと怖いな～」

「一緒にいると楽しい、死ぬまでそばに置きたいと言われていました。だからどんな方なのか興味津々で、前からお会いしたくて仕方がなかったのです」

ベンジャミンが銀色の瞳を見開き、みるみる頬を赤らめる。

「デズモンド様が、そんなことを……」

（かわいい。相思相愛なのね）

照れているベンジャミンを見て、セシリアはほっこりした気持ちになる。

「僕も、前からあなたに会ってお礼を言いたいと思っていました。なにせ、あのデズモンド様の女性嫌いを克服してくださったのですから。やはり皇帝という重責を担う身、支えてくださる聖女のような存在が必要だと思っていたのですが、本当に聖女をつかまえてきたものだから驚きましたよ」

ベンジャミンの言葉に、セシリアは恐縮してしまう。

「……あの、もう聖女ではありません」

「ああ、そういえばそうでしたね」

「それに、女性嫌いを克服というのも違うと思います。皇太子殿下は心がお広いから、たまたま知り合った私に情けをかけてくれているだけで……。だって――」

言いづらいことなので、ひと呼吸置いてから先を続ける。

「私と皇太子殿下の間に、いわゆる男女の関係はないのです。それこそ一度はありましたが、それ以来めっきりで……。だから女性として慕ってくれているわけではないのです」

するとベンジャミンが、「なるほど」と含んだような物言いをする。

それからなにかを言いかけたものの、ためらうようにのみ込んだ。

「助言をしたいところですが、こればかりは僕がしゃしゃり出るところではありませんね。デズモンド様の男気を信じましょう」

意味不明なことを言った後で、ニコッとまた屈託なく笑うベンジャミン。

「では、そろそろ失礼します。使えないが、これでも魔導士の端くれです。なにか魔法関連で困ったことがありましたら、いつでも僕を頼ってくださいね」

「ありがとうございます」

書庫の扉の向こうに消える黒のローブの背中を、セシリアは本を手にしたまま見送った。

（ベンジャミン様。側近らしくも魔導士らしくもない、不思議な人）

デズモンドよりも年上と聞いたが、まるで十二、三歳の少年とでも話しているような気分だった。擦れていなくて、侯爵家の嫡男なのに貴族らしくもない。

（でも、あの方となら仲よくなれそうだわ）

これまでのループ人生、味方など皆無だったのに、またひとり味方が増えたようでセシリアはうれしくなった。

図書館からの帰り、セシリアはひとりで後宮の回廊を歩んでいた。

セシリアに向けられる妃たちの視線は、相変わらず冷ややかだ。

部屋に戻るとエリーが家具を移動しての大掃除中で、入りづらい状況だった。

エリーはもともと綺麗好きだが、デズモンドが毎夜セシリアの部屋に来るようになってからは、前にも増して気合を入れて掃除に励んでいる。

（終わるまで、外で待っていましょう）

中庭にある噴水の脇に腰掛け、セシリアは湧き立つ水を眺めながら時間をつぶすことにした。

「ハア……」

すると、どこからか重いため息がした。

噴水の向かいにあるベンチに、妃がひとり浮かない顔で座っている。手にした鏡に自分の顔を映すと、彼女はまた深いため息をついた。

青いドレスを着た、オレンジ色の髪の大人びた妃である。

年は三十代中頃といったところか。若い妃にはない落ち着いた色気を感じる。

浮かない表情の彼女が気になったが、後宮で嫌われているセシリアは話しかけるのを躊躇《ちゅうちょ》した。自分が話しかけたところで彼女は喜ばないだろうし、なんの役にも立てないだろう。

エンヤード王国にいた頃も、ずっとそうだった。困っている人を見て自分にできることはないかと声をかけても、いやがられたり無視されたりし続けてきた。

けれど。

――『これまでのことはすべて忘れて、君はこの国で、君らしく生きるといい』

デズモンドの言葉を思い出し、セシリアは勇気を奮い起こす。

ドレスのスカートをぎゅっと握りしめ、思いきって彼女に近づいた。

「ため息ばかりつかれていますが、どうかされましたか？」

オレンジ色の髪の妃は顔を上げると、セシリアと目を合わせ、恥じらうように視線を泳がせた。

「あら、いやだ。私、ため息をついていました？」

女性は、セシリアを見てもいやがるふうではなかった。困ったように笑うと、またため息をつく。深刻に悩んでいて、セシリアの立場など意に介していないようだ。

セシリアが自己紹介をすると、彼女も名乗り返してくれた。

名前は、コレット・アッカーソン。

もとは伯爵家の令嬢で、十八歳で後宮に来て二十年になるのだという。

（コレット様。エリーから噂を聞いたことがあるわ。現皇帝陛下の長年の寵妃だとか）

「セシリア様のことは、以前から耳にしておりました。皇太子殿下は次期後継者という お立場ながら妃を迎えるつもりがないようで、皇帝陛下は心配しておられたのですよ。ですから、セシリア様が来られてからは安心して過ごされています。とても喜ばしいことですわ」

　そう言って、優しげな笑みを浮かべるコレット。

　おそらく彼女は皇帝ひと筋であり、ほかの若い妃のようにデズモンド狙いではないのだろう。口ぶりからして、どちらかというと息子のように思っているようだ。

　そこでまた、コレットが深いため息をつく。それからじっと見つめるセシリアの視線に気づいて「あらいやだ、私、またため息をついていましたわね」と笑った。

「あの、私でよかったらお話を聞きますけど」

「まあ、うれしい。そんなことを言われたのは初めてだわ。ここの人たちは自分のことに精いっぱいで、人の悩みなんかには無頓着なのよ。むしろ、他人の苦しんでいる姿を見て喜ぶ人が多いくらい」

　冗談じみた口調ながらも、コレットは言葉通りうれしそうだ。

「でしたらお聞きしたいのですけど、セシリア様のいらっしゃったエンヤード王国には、効果のある美容法がありまして？　その……シワに効くような」

　どこか恥ずかしげにコレットが言う。

（なるほど、シワで悩んでいたのね。今でも充分お綺麗だけど、こういうのって、も

ともと美しい方ほど気にするものなのよね）

「我が国の守護神であるユルスック神は、太陽の神です。ですから、日を浴びれば美容に効果的だと噂で聞いたのですよ。けれどこうして毎日のように日を浴びても、あまり改善されないのです」

「えっ」

コレットのとんでもない発言に、セシリアは目を丸くした。

セシリアは、七度目の人生で美容について学んだことがある。

加齢とともに現れるシワは、肌の乾燥によって悪化する。日差しは乾燥の大敵だ。だからシワを防ぐために日を浴びるなど、論外である。

「……その、日の光を浴びるのはやめた方がいいと思います」

「そうなのですか？」

「はい。我が国では、あまりよくないとされていました」

「まあ、そうなの？　どうしましょう」

とたんに青くなるコレットは、信じ込みやすいタイプのようだ。それゆえ日を浴びるとシワに効くという迷信に従ってしまったのだろう。

よく見ると肌がカサカサしていて、白粉まで浮かんでいる。これほど乾燥していたら、化粧乗りも悪いに違いない。

コレットはみるみる泣きそうになった。

「もう手遅れかしら……？　これ以上シワが深くなったら、皇帝陛下の御心が離れていってしまうわ」

セシリアは、慌ててかぶりを振った。

「いいえ。今からしっかり保湿すれば、すぐに改善しますよ。よかったら、シワに効く美容液をお作りしましょうか？　私も以前に使っていたのですが、お肌が見違えるほど潤いますよ」

「まあ、本当？　お願いしていいかしら」

コレットのすがるような眼差しが、セシリアの胸に刺さる。

こんなふうに誰かに頼りにされたのは、初めてかもしれない。

がぜんやる気になったセシリアは、力強くうなずいた。

「はい。もちろんでございます」

『世界美容大全集』――七度目の人生で、セシリアが愛読していたのはたしかそんな名前の本だった。

その本を参考に、セシリアはさまざまな美容液を調合した。

長い時間を費やした結果最も効いた美容液を、コレットのために調合する。

マロスの葉を茹《ゆ》でてつぶし、ラピンの実の果汁を混ぜれば完成だ。マロスの葉には高度の保湿効果が、ラピンの実には保湿効果を長期にわたり持続させる効果がある。

マロスの葉は王城内の薬園で見つけ、ラピンの実はエリーに頼んで市場で買ってきてもらった。費用はほとんどかかっていない。

いつも資金繰りに悩んでいたセシリアにとっては、低コストでできるのも大事なポイントだったのである。

完成した美容液をコレットに渡し、日光浴をやめてもらったところ、わずか一週間で肌が見違えるように潤ったらしい。

「なんて素晴らしいの！　あっという間にシワが目立たなくなったわ！　急に若返ったと、皇帝陛下からもお褒めの言葉をいただいたのよ！」

コレットはすっかり感激して、それから毎日のようにセシリアの部屋に来ては、美容についてあれこれ尋ねるようになった。セシリアは喜んで、七度目の人生で得た知識を彼女に伝授する。

そのうち美容液の評判を聞きつけた妃が、ひとり、またひとりとセシリアの部屋を訪ねてくるようになった。

「コレット様からお伺いしたのですけど、例の美容液、私にも譲ってくださらない？」

「今までろくにお話もしたことがないのに、突然ごめんなさい。あの美容液、私にもいただけないでしょうか？」

セシリアに敵意を向けていた妃がほとんどだったため、誰もが最初は恐る恐るというふうに接してきた。

だが人に頼られることがうれしくて仕方がないセシリアは、すべての妃を喜んで出迎え、丁重にもてなしてタダで美容液をあげた。

「まあ、無償でくださるの？　なんてお優しいのかしら」

「この美容液、ものすごくよく効きましたわ！　本当にありがとうございます！」

セシリアのことを悪く言う者が、少しずつ減っていく。

後宮内の回廊を横切るとあちらこちらから笑顔で挨拶されるようになり、セシリアは不思議な気持ちになる。

（エヴァン様に好かれるために死に物狂いで得た知識が、こんなところで役立つとは思わなかったわ。それにしても、人の役に立てるって本当に気持ちがいいものね）

ある夜、いつものように部屋を訪れたデズモンドに、セシリアは後宮で起こった出来事を話した。

「コレット・アッカーソン？　ああ、父上のお気に入りの妃だな。そうか、彼女が最近前にも増して美しくなったと父上が言っていたのは、君の仕業だったのか」

「皇帝陛下がそんなことをおっしゃられていたのですか？　コレット様にお伝えしたら、きっとお喜びになりますわ」

セシリアは、自分のことのようにうれしくなる。

コレットの幸せそうな顔を想像しただけで、自然と笑顔になった。

「コレット様は、本当にかわいい方ですね。皇帝陛下のためにいつも必死で、全力で応援したくなるのですよ」

「そういうものか？　他人のために親身になれる君の方が、俺からしてみればよほど魅力的だがな」

デズモンドの声の調子がどこか変わる。

ふと彼を見ると、絡みつくようにして視線が交わった。

熱っぽい色を浮かべた、スカイブルーの双眸《そうぼう》。

肌を重ねたあの夜の目つきにどことなく似ていて、セシリアは思いがけずドキリとする。
――『君は美しいな。女神のようだ』
大きくて熱い手のひら、濡れた唇、男の熱をはらんだ吐息。
そんなものが一気に脳裏によみがえり、セシリアはカアッと耳まで赤くなった。
（私ったら、どうして急にこんなことを）
自分のいやらしさに居たたまれなくなり、思わず顔を伏せると、頬になにか触れた。
デズモンドが向かいから手を伸ばし、セシリアの頬を指先でなでている。
思わずビクッと肩を揺らしたものの、拒絶しようとは思わなかった。
むしろ心地がよくて、このまま触れていてほしいと思ってしまう。
そっと視線を上げると、彼は変わらず、ひたむきにセシリアを見つめていた。
肌の感触を堪能するように動く指先。
その部分に意識が集中するあまり、呼吸がおかしくなりそうだ。
デズモンドはしばらくそのまま、黙ってセシリアの頬をなでていた。
まるでセシリアになにかを乞うような目をしていて――。
心臓がせわしなく鼓動を打つのを感じながら、セシリアも彼から目が離せない。
無言なのに心だけが近づいていくような、不思議な時間が過ぎていく。

彼がようやく手を遠ざけたのは、大分経ってからだった。

「また来る」

何事もなかったかのように立ち上がり、部屋を出ていくデズモンド。

ひとり残されたセシリアは、ドクンドクンとせわしなく鳴る自分の心臓の音を聞きながら、しばらくの間縫いつけられたようにソファーから動けないでいた。

セシリアが後宮になじみ始めてしばらく経った頃のこと。

美容液のおかげでセシリアを気に入り、毎日のように部屋を訪ねるようになった妃たちのうちの何人かが、めっきり姿を見せなくなる。

ある日、自室にてコレットの爪を磨いていたセシリアは、そのことについて聞いてみた。

「あら、ご存じなくて？　風邪が長引いて、すっかり寝込んでおられるのよ。同じような症状の方は、ほかにも何人かいらっしゃるわ」

「長引く風邪……」

ひっかかりを覚えたセシリアは、思わず爪を磨く手を止める。

そんなセシリアに、コレットが慮《おもんぱか》るような声をかけた。

「お医者様がおっしゃるには、ただの風邪だから大丈夫だそうよ。ただ、今年の風邪は長引いて厄介なんですって。それから、頭痛が続くのが特徴みたいよ」

「頭痛、ですか……」

いやな予感に、セシリアは声を震わせた。

ループ人生において、エヴァンが戦死したのは五度目までだった。六度目と七度目の人生では、戦死を防げたと思ったら今度は疫病で死んでしまった。

(あの病も、初めの頃はただの風邪だと侮《あなど》られていたわ。そしてじわじわ続く頭痛が特徴だった。もしかしたらこれは疫病かもしれない……いや、きっとそうよ。エンヤード王国内で流行るのは数年後だから、おそらくオルバンス帝国から徐々に広がったんだわ)

確信を得たとたんに、生きた心地がしなくなる。

(どうしよう。またエヴァン様が疫病にかかられて亡くなられるかもしれない。でも、新聖女様がいらっしゃるのだから、ダリス神のご加護できっと生き延びられるわよね)

そうは思うものの、もしかしたらという思いは消えない。

コレットが部屋を去った後も、セシリアは悶々と考え続けた。

エヴァンのことを抜きにしても、このまま病が流行れば、やがて死を招く凶悪な疫病に変化して猛威を振るうだろう。エンヤード王国内でも、毎回大勢の民が亡くなった。オルバンス帝国の情報は過去のセシリアには入ってこなかったが、似たような惨状に違いない。

六度目と七度目の人生経験を踏まえた、八度目の人生。セシリアは、疫病の流行を防ぐには、初期の段階で食い止めなければならないと気づいた。

そこでひっそりと王宮薬師《くすし》と関わり、あらゆる薬書を参考にして薬の研究に勤しんだ。その結果、疫病が猛威を振るう前に、効果的な薬の開発に成功したのだ。

(今のうちから薬を作って広めれば、オルバンス帝国、それにエンヤード王国も救うことができるわ)

心の中で、セシリアはひっそりと決意を固めたのだった。

「研究所で新薬の開発に携わりたい?」

その夜、部屋を訪れたデズモンドに、セシリアはさっそく願い出た。

「はい。エンヤード王国にいた頃、薬学を学んだことがあるのです。エンヤード王国では薬学が進んでいて、長期風邪の薬も開発されています。風邪をこじらせている妃たちのために調合できたらと思いまして」

八度目の人生のとき、薬の開発に関わりたいとエヴァンに申し出たものの、嘲笑されたのを思い出す。

『君のような役立たずが研究所に入り浸るだと？　冗談はよしてくれ。薬師たちの足手まといになるだけだ』

だからセシリアは人目につかないように、ひっそり薬師と連携したのだ。

（デズモンド様なら、きっと許可をくださるはず）

すると、デズモンドがうっすらと口角を上げる。

「いい目をするようになった」

「え……？」

「もとから君の目は魅力的だったが、この頃さらに輝きを増すようになった。まるで宝石を見ているようだ」

ひたむきな視線を向けられ、セシリアは目のやり場に困った。

「それで、新薬の開発については……」

「もちろん許可しよう。明日すぐに研究所に話をつける」

「本当ですか？　ありがとうございます！」

セシリアはパアッと花開くように表情を輝かせた。

そんなセシリアを、デズモンドは笑みを浮かべて見つめている。

「その代わりといってはなんだが、俺も君に頼みがある」

「なんでしょう？」

「今度、丸一日君と過ごしたい。いいか？」

(それって……)

まるで口説かれているかのようだ。

デズモンドは懐が深く、大人で、名実ともに次期後継者にふさわしい男である。

まっすぐな心を持つ彼は、きっと誰にでもこのように親切なのだろう。

だから勘違いをしてはいけないと自分に言い聞かせても、顔が赤くなるのは止められない。恥ずかしく思いながらも、どうにかこくんとうなずいた。

「それは、肯定の返事ということで合っているか？」

「合っています……」

「光栄だ。楽しみにしているよ」

デズモンドはより笑みを深めると、セシリアの頭を優しくなでた。

デズモンドの仕事は早かった。

翌日には話が通って、セシリアはさっそく王城敷地内にある研究所で薬師たちと接触できるようになった。

薬の調合方法を紙にしたため、彼らと共有する。

ついひとつ前の人生なので、記憶がわりと鮮明だったのは幸いだ。

薬師たちは皆気さくな人柄で、親しくなるのに時間はかからなかった。

さらには仕事熱心で、ものの二日で疫病の初期段階の症状に効く薬が完成したのである。

それからさらに三日もすると、風邪で寝込んでいた妃たちが久しぶりにセシリアの部屋に遊びに来た。

病に伏していたのが嘘のようにおしゃべりを楽しんでいる彼女たちを見て、セシリアは心の底からうれしくなる。

（城の中だけでなく、早く巷にも薬の作り方を広めなきゃ。またデズモンド様にお願いしてみましょう）

城に市井の薬師たちを招待して、長期風邪の薬の調合方法を講習したいと言うと、デズモンドは快く承諾し、手はずを整えてくれた。

さらには緊急予算会議を開いて、調合薬品を大量に揃える資金を捻出してくれる。

「伝染病というものは、ときに戦争よりも恐ろしい。たいしたことはないと高をくくっていた伝染病が、死を招く疫病に変化した例は、歴史上何度か見受けられる。早めに一掃しておいた方がいいだろう」

あまりにも高額な予算が割りあてられていたのでセシリアが驚いていると、デズモンドは当然のようにそう答えた。

(デズモンド様のおっしゃる通りよ。まだ長期風邪と侮られている時点でこんなことをおっしゃられるなんて、この方には先見の明があるのね)

セシリアは改めて彼の聡明さと行動力を思い知る。

もはや、エンヤード王国で耳にした、彼の悪い噂を信じる気持ちはいっさいなくなっていた。

(エヴァン様は、明確な理由もなくオルバンス帝国に戦争を仕掛けた。そんなの、非道な侵略以外の何物でもないわ。だけど、悪政を敷いている皇帝を討伐しに行くと民に思い込ませれば、批判意見がなくなる。だからデズモンド様がどんな方かも知らずに、わざと悪い評判を流されたのかもしれない)

もう二度とエヴァンに会うことのないセシリアには、確かめようがない。

だがセシリアは、本当のデズモンドを自分の目で見て知った今、その推測に確信めいたものを感じていた。


城に市井の薬師たちを集めて、新薬の調合方法を指導する講習会を開くその日。

セシリアが研究所で王宮薬師たちと準備を進めていると、突如扉が開いた。

入ってきたのは、薄紫色の髪をさらりと背中に流した、見たこともないほど綺麗な女性だった。黒地に銀色のレースをあしらった落ち着いた色味のドレスが、彼女の美しさをよりいっそう引き立てている。

「あの方はどなたですか？」

一瞬にして彼女に目を奪われたセシリアは、一緒に作業をしていた女薬師にそれとなく聞いてみた。

「大魔導士エンリケ様のご息女、ジゼル様ですよ。市井の薬師たちに配る薬草を氷魔法で冷凍してくれるようお願いしたのです。ジゼル様の氷魔法は持続力が高く、薬草を長期保存したいときは、ときどきこうして来ていただいているのですよ」

彼女の言葉通り、ジゼルは研究所の薬師たちとは顔見知りのようで、笑顔で出迎えられている。侯爵令嬢なのに気取ったところのない、親しみやすい雰囲気の人だ。

「ジゼル様の氷魔法のおかげで、いつも本当に助かっています。今回もどうぞよろしくお願いいたします」

「まあ、今回は大量ね。腕が鳴るわ」

ジゼルが、木箱に入った深緑色の薬草に手をかざす。

目を閉じてすうっと息を吸い込む彼女を、誰もが吸い寄せられるように見つめた。

研究所に、怖いほどの静寂が訪れる。

ジゼルの手のひらから白い光が生まれ、じんわりと薬草全体を包み込んだ。

ひんやりとした冷気が、セシリアのもとにまで流れてくる。

深緑色の薬草に霜が張り、やがてガチン！と音を立てて凝結した。

（これほどすぐに効く氷魔法は初めて見たわ）

氷魔法は、水魔法の応用だ。そのため、水魔法よりも効果が出るのに時間がかかる。

とてもではないが、こんな一瞬で威力を発揮する魔法ではない。

ジゼルは「ふう」とひと息つくと、セシリアに目を向けた。

白衣姿の薬師の中に、地味とはいえドレス姿の女がいたので目についたのだろう。

「あら？　あなたは――」

セシリアは、慌ててジゼルにお辞儀をした。

「初めまして、セシリア・ランスローと申します」

「やっぱり、あなたがセシリア様なのね。デズから話は聞いているわ」

銀色の目を細め、うれしそうに笑うジゼル。

凛《りん》とした容姿とは異なる愛らしい笑顔に、セシリアはまた見惚《みと》れてしまう。

同時にその特別な呼称にドキリとした。

（デズモンド様のことを、〝デズ〟と呼んでいらっしゃるのね）

皇太子殿下を愛称で呼ぶなど、一介の令嬢にはできないことだ。それだけで、デズモンドと彼女の特別な関係がうかがえた。

「薬学にお詳しくて研究所に出入りされていると聞いたけど、本当だったのね！　あなたみたいな方なら仲よくなれそうだわ！　私はジゼル・サイクフリートです。これからどうぞ、よろしくね」

明るく言い、がしっとセシリアの両手を握るジゼル。

「はい、こちらこそよろしくお願いいたします」

セシリアもつられて微笑んだ。

（こんな女性、今まで会ったことがないわ。親近感があって、自分を持っていらして、とても素敵なお方）

デズモンドが彼女を気に入って正妃に望んでいるという噂も、自ずと納得できた。

彼女のように美しくて能力にも恵まれた女性なら、彼にぴったりだ。

おまけに性格もいい。

ジゼルがいなくなってから、セシリアはしばらくの間心ここにあらずの状態だった。

「セシリア様、大丈夫ですか？　顔色が優れないようですが」

女薬師に声をかけられようやく我に返ったセシリアは、慌てて取り繕う。

「心配させてごめんなさい。少し疲れただけなので、大丈夫です」

だが実際のところ、大丈夫ではなかった。

初めてジゼルに会ってからずっと、胸が刺すように痛い。

叶うなら今すぐこの場から逃げ出して、部屋で泣きじゃくりたかった。

（これは、もしかして嫉妬なの？）

エヴァンがほかの女性を連れている姿、もしくはともに寝室に入っていく姿を見たときも、これほど苦しくはなかったのに。

今にして思えば、あの頃の嫉妬など生ぬるいものだ。

これまでに覚えたことのない感情に焦りつつ、セシリアはどうにか講習会の準備を終えたのだった。

＊＊＊

会議をひとつ終えたデズモンドは、城の廊下を歩みながら、懐から取り出した懐中時計を眺める。

（講習会はもう始まったか）

「ちょうどセシリア様が講習会をなさっている時間ですね」

うしろを行くベンジャミンが、デズモンドの心を読んだかのように言った。

「様子を見に行けるか？」

「長居はできませんが、同じ西棟ですし大丈夫です。行ってみましょう」

西棟の一室にて、講習会はすでに始まっていた。

セシリアが、黒板の前で薬の調合方法を熱心に説明している。集まった市井の薬師たちは、各々のテーブルに用意された器具と薬品を使って模擬作業をしながら、セシリアの声に真剣に耳を傾けていた。

入口にいるデズモンドとベンジャミンには誰も気づいていない。

「薬学に明るいとは、貴族令嬢らしからぬお方ですね。図書館にも熱心に通われていますし、本当に才識豊かなご令嬢です」

「そうだな。セシリアの知識量にはいつも驚かされる」

ベンジャミンの声に、デズモンドは深くうなずいた。

（それに、その知識を自ら民に広げる心意気も素晴らしい）

やはり、自分を着飾ることにしか興味のないほかの貴族令嬢とは違う。

あの美容液の一件以来、後宮で彼女の人気はすこぶる高いと聞いた。

妃たちに蔑ろにされていると聞いた当初は、デズモンドが牽制《けんせい》をかけねばと身構えていたが、セシリアは自らの力でそれを解決したのだ。

（つつましやかなのに打たれ強い）

そんな彼女の強さも、デズモンドを魅了してやまない。

聡明さと強さを併せ持った、唯一無二の女性。

彼女を知れば知るほど、喉から手が出るほど欲しくなる。

正直、一度彼女の肌の温もりを知ってしまった後で、自制をする日々は地獄だった。

だがデズモンドは、彼女の心を手に入れるまでは抱かないと固く心に誓っている。

それでも、愛らしい声を奏でるあの桜色の唇、白くなだらかな首筋、細いわりに女らしいふっくらとした曲線を描く胸もと――そんなものに自然と目がいってしまう。

（もう一度彼女に触れたい）

焦りに似た感情が胸の奥に込み上げたときのことだった。

「セシリア様、これで合っていますでしょうか？」

薬師の男が、セシリアに声をかける。

黒髪をうしろになでつけた、なかなか顔立ちの整った若者だ。

セシリアは彼のもとに行くと、フラスコの中身を見て、弾けるような笑顔を見せた。

「ええ、合っています。のみ込みがお早いですね！　素晴らしいです」

「セシリア様の教え方がお上手なのですよ」

照れたように頬を赤らめる男薬師。

その様子を見ていたデズモンドは、思わずムッとした。

そんな愛くるしい笑顔を、気安く自分以外の男に向けないでほしい。

男薬師からセシリアを引き剥がそうと思わず足が出かけたが、すんでのところで思いとどまる。

（俺が急に割り込んだら、きっと講習どころではなくなってしまう）

皆が委縮して、和やかな空気ではなくなるだろう。

セシリアが懸命に準備を進めてきた場を、台なしにしたくはない。

そう判断したデズモンドは「もう行くぞ」とベンジャミンに声をかけて部屋を出た。

「え？　もういいのですか？」

「ああ、彼女に任せておけば大丈夫だ。俺の出る幕はない」

無表情のまま早足で廊下を歩んでいると、「ちょっと、待ってくださいよ～」とベンジャミンが慌てたように後を追ってくる。

「なんか機嫌悪くないですか？　もしかして、ヤキモチ焼いちゃいました？」

この魔導士は、魔法はからきしだめなくせに勘だけは鋭いのだ。

気に入っているところではあるが、ひたむきな恋心をいちいち言いあてられるのはバツが悪い。

図星を突かれて思わず仏頂面になったデズモンドを、ベンジャミンがニコニコとうれしそうに眺めている。

「子の自立を見守る母親のような目で見るな」

「だって、本当にセシリア様がお好きなんだなぁと微笑ましくなっちゃいまして。今となっては、女を寄せつけなかったのが嘘のようです。それに、ご存じでしたか？」

「なんのことだ？」

「南大陸の果てにあるダンストプという島国で、死を招く恐ろしい疫病によって何人も死者が出ているそうですよ。その疫病は、半年前まで長期風邪としてそれほど深刻な症状を見せていなかった病が変異したものらしいです。地味に長引く頭痛が特徴だとか」

デズモンドは、廊下の途中で思わず足を止めた。

「なんだと……？」

うしろにいるベンジャミンを振り返ると、いつになく聡明な眼差しを浮かべた彼と目が合う。

「猛威を振るう前、長期風邪の段階で収束させていれば、幾人もの命を救えただろうと医者が言っていました」

信じられない気持ちで、デズモンドはしばらくそこに立ち尽くしていた。

（セシリアは、人知れずこの国の未来を救ったということか？）

疫病の恐ろしさを、デズモンドは繰り返し学んできた。

疫病との闘いは、戦争よりもよほど困難で終わりがない。歴史においても、疫病によって滅んだ国があまた存在した。

セシリアが講義をしている部屋の方に視線を向ける。

「彼女は今でも聖女だったのだな」

きっと、次期皇帝の責務に人知れず気圧されていたデズモンドに、神が遣わせてくれたのだ。だから酒場で会ったとき、ひと目で心奪われた。

そして、彼女を深く知るたびに欲する気持ちがあふれてやまない。

デズモンドがセシリアを愛するようになるのは、運命だったから。

自らが導いた非科学的な解釈が、不思議なほどストンと胸に落ちていく。

彼女となら、このオルバンス帝国を末永く平穏に統治できる自信がある。

彼女でなければだめだ。彼女以外は無理だ。

デズモンドは改めてそのことを思い知ったのだった。

そのとき背中に視線を感じて、デズモンドはとっさに身構える。

振り返った先に立っていたのは、紺色の髪をしたダークブルーの瞳の男だった。

ここオルバンス帝国の第一皇子、グラハムだ。デズモンドと目が合うと、グラハムが口角を上げて笑う。

「驚かせて悪かったよ。ちょうど声をかけようとしていたところなんだ」

重そうな本を数冊抱えているので、研究中なのだろう。

魔石の研究家であるグラハムは、最近は魔道具の開発にも乗り出しているらしい。

「お久しぶりです、兄上。魔道具の研究は順調ですか？」

「ああ。あと少しで、あの魔法剣ルキウスに匹敵する特別な剣が完成する。どんな強敵も一撃で抹殺する最強の魔法剣だ。次の戦のときは期待してくれ」

魔法剣ルキウスと聞くと、初めて会った日、古物商を名乗る男とやり合っていたセシリアを思い出す。自然と強張《こわば》った心が和んでいた。

「それは興味深いですね。ですが、他国に攻め込まれない限り、今後は戦を控えるつもりです」

「そうなのか？　お前の即位後は、すぐにでも領土拡大すると思っていたが」

「オルバンス帝国はすでに充分強大です。今後はひとりよがりな体制を見直し、他国にも手を差し伸べ、和平的になるべきだと俺は考えています」

「なるほど、いい心がけだね。なに、開発中の剣の使い道はほかにもあるから気にするな」

ダークブルーの目を細め、グラハムが極上の笑みを見せた。

正妃の子として生まれ、幼い頃から次期後継者として教育を受けてきた彼だったが、父皇帝が指名したのは側妃の子である二歳年下のデズモンドの方だった。

番狂わせの事態によって、王城内には波紋が広がった。グラハム派とデズモンド派に分かれ内戦に発展する懸念もあったが、すべては父皇帝の一喝によって立ち消えた。

そんな過去があるため彼とは気まずい時期があったものの、今ではもとのような関係に戻りつつある。そもそも周りが騒いでいただけで、グラハム自身の思惑ははっきりしない。

それでもデズモンドは、グラハムの動向には常に気を張り、隙をつくらないように気をつけていた。

この一見して温厚そうな兄には、なにか侮れないものを感じるからだ。

「ところで噂は聞いているよ。お前が異国から連れ帰ったあの令嬢は、大活躍しているそうじゃないか。なんでも自国で学んだ薬の調合方法を、市井の薬師たちに広めているんだって?」

「はい。セシリアは、俺の想像以上によくやってくれています」

「そうか。きっと、いい妃になるだろうね」

朗らかに言うグラハムに、デズモンドは深くうなずき返した。

「俺もそう思います」

「君たちの幸運を心より願っているよ」

「ありがとうございます、兄上」

兄からの祝福を、デズモンドは複雑な思いで受け止めた。

＊＊＊

エヴァンは、国王の執務室に向かって、わき目も振らずに廊下を進んでいた。

渡り廊下の向こうに生い茂る木々の葉が、赤く色づいている。

セシリアがエンヤード城を去って、すでに数カ月が過ぎていた。

深刻な顔で前を見すえ、コツコツと靴音を響かせていると、こちらに向かってくる人影が目に入る。マーガレットだ。

マーガレットはエヴァンに気づくと顔をしかめ、フイッとわざとらしくそっぽを向いたが、エヴァンは気にせず横を通過する。セシリアがいなくなった今、彼女のことはもはや眼中になかった。

執務室では、重厚な机に向かって、父であるエンヤード王が書類にペンを走らせていた。

「先ほどマーガレット嬢が婚約の報告をしに来たぞ。相手は宰相の息子だそうだ。あの令嬢のことをお前は気に入っているようだったが、問題ないのか？」

書類から視線をはずさないまま、エンヤード王が言う。

エヴァンはその問いかけには答えず、さっそく本題を切り出した。

「友好条約締結の使者として、オルバンス帝国にカインが赴くという話は本当ですか？」

エンヤード王はペンを持つ手を止め、怪訝な表情を見せる。

問いかけを無視したエヴァンの態度が気に障ったようだ。

「本当だ。あれももう齢十四。いずれは国王となるお前の補佐役を担う身として、そろそろ外交を任せてもいいだろうと判断した」

エンヤード王の主張を聞くなり、エヴァンは噛みつくように反論した。

「おとなしいカインよりも私の方が外交には向いています。今回は私に行かせてください」

「おとなしいからゆえ、社会勉強になるという考え方もある。それに、もう決まったことだ。今さら覆せない」

怒号をはらんだエンヤード王の声にも、エヴァンは怯まなかった。

「次期国王の私が行く方が、この先なにかと融通がきくと思います。どうか、もう一度賢明なご判断をなさってください」

「黙れ！」

引き下がる様子のないエヴァンを、エンヤード王が業を煮やしたように叱責する。

我が子を見つめるその目には、侮蔑の色が浮かんでいた。

「オルバンス帝国の皇太子と諍《いさか》いを起こしながらなにを言う。カインはいわば、無礼な態度を取ったお前の尻拭いに行くのだ。おとなしく争いごとを好まないカインなら、きっとうまくやる」

「あのとき、事情が事情ゆえ、皇太子殿下に無礼な態度を取ったのは百も承知です。だからこそ、改めて謝罪をしたいのです。そしてエンヤード王国の今後のために、真の友人関係を築きたいと考えています」

「しつこいぞ。とにかく使者はカインに務めさせる。今後お前がなにを言おうと、覆ることはない。さっさと出ていけ。さもなくば、衛兵につまみ出させる」

ピシャリと言い放たれ、エヴァンはついに返す言葉を失った。

うつむき、拳を固く握りしめる。

「……承知しました」

そして低く唸るように答えると、納得がいかないまま執務室を後にした。

カインがオルバンス帝国に旅立つ日は、青空に白い綿雲の浮かぶ、心地よい気候となった。

馬車着き場には、カインの乗る長距離移動用の三頭立ての馬車がすでに用意されている。護衛用と荷物運び用の馬車も、そのうしろにズラリと並んでいた。

エンヤード王は、王都の教会で開かれる祝祭に出席するため朝から城にいない。

カインは馬車着き場に向かうために、階下へと続く螺旋《らせん》階段を下りていた。

だが階段の一番下にたどり着いたところで、伸びてきた手に引かれ、柱の陰に無理やり連れ込まれる。

驚いて見つめた先には、兄エヴァンの顔があった。

「兄上⁉」

不意打ちでふらちな真似をした輩が敬愛する兄だと知って、カインは激しく動揺している。

騒がないようその口もとを片手で覆い、エヴァンは「静かに」と低い声でささやく。

「オルバンス帝国には俺が行く。お前はしばらくの間別荘にでも姿をくらませ。供の者には俺からうまく言ってある」

「ですが、父上は僕を使者としてお選びになったのです。そのようなことをしたらお怒りになるでしょう」

懸命に抗おうとするカインを、エヴァンは冷めた目で見下ろした。

「言うことを聞かないなら、お前の部屋にある本をすべて焼き払ってやろうか」

「そんな……」

声色を冷ややかにしたエヴァンに、カインは末恐ろしいものでも見るような視線を向けた。怯える弟に対し、エヴァンはますます威圧的になる。

「王太子の俺が指示すれば、お前の役にも立たない本を焼き払うことなど朝飯前だ。図書館を封鎖するのもいいな。それとも、あのシザースとかいう老いぼれの図書館長をクビにしてやろうか」

口調も顔つきも変わってしまった兄を前に、カインはとうとう閉口した。

泣きそうになりながら、肩を小刻みに震わせている。

「ようやくわかってくれたか。お前はやっぱりいい子だ」

そんなカインの頭を、エヴァンはよしよしと優しくなでてやった。

そしてしばらく動かないように言い含めると、カインをその場に残し、涼しい顔で柱の陰から表に出る。向かう先は、もちろん馬車着き場だ。

身支度ならすでに完了している。侍従に命じて、馬車の中の荷物も自分のものと取り替えていた。

エヴァンは廊下を歩きながら、そっとジュストコールの胸もとに触れた。

内側には、研究所で開発された猛毒を染み込ませた針を忍ばせている。

（セシリアは俺のものだ）

毒針をしまってある場所を慈しむようになでながら、エヴァンはグレーの瞳をほの暗く光らせ、前方を見すえた。

六章　時空魔法の弊害

長期風邪の薬は、講習会に招いた薬師たちによって瞬く間に民衆に広まった。巷では長期風邪に悩む人々が増えており、早くも薬を開発してくれた王室に、感謝の声が相次いでいるらしい。

（これで、あの疫病がオルバンス帝国に広がることはないわね。そしてエンヤード王国にも）

そんなふうに、セシリアが肩の荷を下ろしていたときのことだった。

夜になりいつものように部屋を訪ねてきたデズモンドから、思わぬ話を聞かされる。

「エンヤード王国から使者がいらっしゃるのですか？」

「ああ。第二王子のカイン王子が使者として来訪するとのことだ。俺が持ちかけた友好条約の締結のためだが、我が国をよく知ってもらうためにも、しばらく滞在してもらう予定だ」

「カイン殿下が。そうですか」

エヴァンの弟のカインは、兄とは違って、おとなしく目立たない少年である。読書が好きで、城のあちこちで本を読んでいる姿をよく見かけた。

彼はほかの者とは違い、セシリアを見下したり蔑んだりしなかった。特別関わりがあったわけではないが、純粋で心優しい少年という印象を持っている。

セシリアにとっては、エンヤード城内で気負わずに接することのできる希少な存在であり、カインに久々に会えるのは素直にうれしい。

「ところでセシリア。なにか忘れていないか？」

「なんのことでしょう？」

「薬学研究所への出入りを許可する代わりに、丸一日君と過ごしたいと言っただろう？」

「あ、そういえば……」

ここのところなにかと多忙で、それについてはすっかり頭の中から抜けていた。

「明日の朝、部屋まで迎えに行く。衣装も用意するから心配するな」

「衣装？ どういうことですか？」

「明日になればわかる」

意味深に口角を上げて微笑むと、明日の詳細についてはなにも告げぬまま、デズモンドは部屋から出ていった。

翌朝。

セシリアが自室にて朝食を終えたところに、エリーがやって来る。

「セシリア様。本日はこちらの衣装をお召しになるよう、皇太子殿下から言《こと》づかっております」

渡されたのは、草色のワンピースに編み上げベスト、頭を覆う頭巾に木靴という、まるで平民のような衣装一式である。

「これが、昨夜言われていた衣装？　いったいどこに行かれるつもりなのかしら」

「さあ、どこなのでしょう。皇太子殿下のことだから、きっと素敵なデートを計画されているのだと思いますよ。なんだかワクワクしますね！」

エリーは意気揚々として、さっそく草色のワンピースをセシリアに着せにかかっている。

（デート……。そっか、そういうことになるのよね）

これまでの人生、デートというものとは無縁だった。

エヴァンとも一度もしたことがない。

初めての経験にドキドキと胸を高鳴らせながら身支度を終えると、どこからどう見ても立派な町娘が完成する。

間もなく、部屋にデズモンドがやって来た。

彼もまた、普段とはまるで違う格好をしている。農民がかぶるようなつばの広い黒の帽子、生成りのシャツに革のベルト、茶色の下衣に黒のロングブーツ。

どこからどう見ても平民の装いなのに、その類まれなる整った容貌のせいか、それでも特別なオーラが滲み出ている。

それなのに自分のことは棚に上げ、開口一番「君はなにを着ても美しいな」などと言うものだから、セシリアは面食らってしまった。

この衣装は気に入っているけれど、本気で彼の視覚を心配してしまう。

それから、城のごく一部の人間だけが知っている秘密の通路を通って、城を取り囲む森に連れていかれた。

東屋に、黒毛の馬が一頭つながれている。

エンヤード王国からオルバンス帝国に向かう際に乗馬した、デズモンドの愛馬だった。

「久しぶり。元気だった？」

セシリアが頬を寄せ、鼻筋をなでてやると、黒毛の馬は気持ちよさげに鼻を鳴らした。そんなセシリアの様子を目を細めて眺めながら、デズモンドも馬の鼻筋をなでる。

手が今にも触れそうな位置にあった。

「今日は一日、君と帝都で過ごそうと思っている。城の中ばかりでは君も退屈だろう」

「まあ、帝都に？　それは楽しみです」

エンヤード王国にいたときも、セシリアはほとんど町に出たことがない。ランスロー家でも、みすぼらしい姿を人前にさらすなと、厳しく外出を制限されていた。

パアッと微笑んでデズモンドを振り返ると、思ったより近くに彼の顔があってドキリとする。

男らしく整った鼻梁に唇、そして鮮烈な印象を残すスカイブルーの瞳。類まれなる美貌に不意打ちで微笑み返され、一瞬呼吸が止まりかけた。

デズモンドはセシリアを前に乗せ、うしろから抱き込むようにして馬を走らせた。

ふたりきりで、朝靄《あさもや》のかかった森の中を進む。

露に濡れた緑葉が、あたり一面にみずみずしい芳香を漂わせている。

（なんだか、距離が異様に近いわ）

エンヤード王国からオルバンス帝国に向かう際にふたり乗りしたときよりも、ずっと密着度が高い。彼の体温や呼吸音、逞しい腕が器用に手綱を操る動きを、どうしようもなく意識してしまう。おかげでセシリアは、終始胸を高鳴らせっぱなしだった。

帝都に着いて公共の厩《うまや》に馬をつなぐと、ふたりで町を歩く。

早朝だというのに、あたりは人であふれていた。

通りには、エンヤード王国にはないような背の高い建築物がズラリと並んでいる。

町は圧倒されるほど広く、十二の区域にわかれており、すべて巡るには一週間は必要とのことだった。

帝都全体が屈強な防壁に覆われ、外部からの侵入を厳しく制御している。

(以前は遠目にちらりと見ただけだからよくわからなかったけれど、エンヤード王国の王都とはまるで違うわ)

ダリス教を重んじるエンヤード王国では、宗教関連の建築物が目立っていた。

だがオルバンス帝国は、魔道具の専門店をはじめとした商業関連の建築物が多く見受けられ、より活気にあふれている。魔石工業も盛んなようで、色とりどりの煙があちらこちらから立ち昇っていた。

町の真ん中には線路が敷かれ、見たこともない箱型の滑車が人々を乗せて行き来している。どうやらそれも、魔石の力で稼働しているらしい。魔石仕掛けのおもちゃの店を見るのも、セシリアは初めてだった。

エンヤード王国に比べると、文明の進みが早いようだ。

「なんて素敵な街なの……」

セシリアは思わず感嘆の声を漏らす。

「君にそう言ってもらえて光栄だ」

デズモンドは満足げに言うと、ごく自然な流れでセシリアの腰を抱いた。

彼の体温が、じかに伝わってくる。

腰に触れる手つきが妙に優しくて、羞恥を煽った。

（こんなの、まるで恋人同士みたい）

だが考えてみれば、今となっては幻だったかのようだが、一度は体を重ねた者同士。

これしきのことで動揺するのはおかしいのかもしれないと、セシリアはどうにか平静を装うことに集中する。

一方のデズモンドは、相変わらず余裕の大人の態度なのが妬ましい。

しばらく進むと、屋台の並ぶ大通りに出た。

ひとつの屋台に人だかりができている。

セシリアが見たことのない、ふわふわの菓子らしきものを販売しているようだ。

七色の色彩で渦を巻くように着色されており、その色鮮やかさに、目が引き寄せられてしまう。

「あれはなんというお菓子なのですか？」

「あれか？　綿菓子だ。最近は色彩豊かなものが流行っているようだな。少し待っていろ」

そう言うと、デズモンドは器用に人だかりの中に入り込み、色鮮やかな綿菓子をひとつ手にして戻ってくる。そしてセシリアに差し出した。

「まあ、いいのですか？」

「ああ、君のために買ってきたんだ」

「ありがとうございます」

セシリアは、さっそく綿菓子をちぎって口に運ぶ。

口の中でふわふわと溶けて、とろけるほど甘い。

「ん〜おいしい！」

思わず片手で頬に触れ、満面の笑みを浮かべると、こちらを凝視しているスカイブルーの瞳と目が合った。

「ドレスを贈ってやったときよりよほどいい顔をするな」

セシリアの笑顔を見ている彼も、なぜかうれしそうである。

その後も、デズモンドに案内されていろいろな場所に行った。

劇場で流行の歌劇を見て、食堂で一番人気のメニューを注文し、本屋で気に入った本をたくさん購入する。デズモンドは、セシリアが購入した本の束をあたり前のように持ってくれた。

腰は相変わらず抱かれたままだが、そのうち緊張よりも喜びの方が勝っていく。

（すごく楽しい。こんな経験、初めてよ）

長身なうえに、帽子をかぶっているとはいえ美貌を隠しきれていないデズモンドは、常に女性たちからの熱い視線を浴びていた。だが誰ひとりとして、平民の装いをした彼がこの国の皇太子だとは思ってもいないようだ。

空が夕暮れ色に染まっていくのを眺めながら、セシリアは寂しさに襲われる。

夢のようなこの時間が、永遠に終わらなければいいのにと思わずにはいられない。

「城に戻る前に、見せたいものがある」

帰りがけ、デズモンドは再びセシリアを馬に乗せ、帝都の端にある小高い丘に連れていった。

眼下に広がる景色を見て、セシリアは感嘆の声をあげる。

「まあ、なんて素敵なの！」

その丘からは、オルバンス帝国の帝都全体が見渡せた。

夕暮れの光を浴びて、ひしめき合う建物がきらめいている。その合間から天へと立ち昇る、色とりどりの無数の煙。まるで宝石箱の中を覗き込んでいるかのようだった。

後方にそびえるのは、生い茂る森に囲まれた、石造りのオルバンス城だ。

これほど雄大で美しい景色を、セシリアは今まで見たことがない。

「帝都に出かけたときは、必ず立ち寄るようにしている場所だ。その様子だと、気に入ってくれたようだな」

デズモンドが、いつの間にか手と手が触れるほど近くに立っている。だが不自然な距離感が気にならないほど、今のセシリアは目の前の絶景に夢中だった。

「世界は、こんなにも広くて美しかったのですね……」

セシリアは、人より余分に人生経験を重ねてきた。

だがどれも、他人に蔑ろにされ、エヴァンに愛されたいと悩みながら奮闘するだけの人生だった。

目の前の輝かしい景色を見ていると、自分がいかに閉塞的な人生を送ってきたかを思い知る。

この世にはきっと、まだセシリアの知らない世界がたくさんあるのだ。

「そうだ。そしてこの世界にある家々の一つひとつに、大切な民が住んでいる。もしも君があの長期風邪の薬を世に広めていなかったら、彼らはこうして、平和な夕暮れを迎えていなかっただろう」

その声に導かれるように、セシリアは隣にいるデズモンドを見上げた。

景色ではなく、ひたむきにセシリアだけを見つめているスカイブルーの瞳。

今までの八度の人生、オルバンス帝国でデズモンドがどのように生きてきたかは知らない。きっと、疫病を鎮めるために全力で奔走していたのだろう。

彼はそういう、奢《おご》ったところのない、民のことを第一に考える君主になるはずだ。

「君がいてくれてよかった」

愛しげに目を細められささやかれた言葉が、セシリアの胸を打つ。

――『あんな使えない女、いなくなればいいのに』

『この役立たずの偽聖女め、早くどこかに消えてしまえ！』

今までの人生で浴びた辛辣な言葉がよみがえり、セシリアは心を震わせる。

（この方は、私を必要としてくれている――）

そう自覚したとたん、目に涙があふれ静かに頬を伝った。

セシリアの顔を濡らす涙のしずくを、デズモンドが優しい手つきで拭ってくれる。

その間も、昼の空の色に似た澄んだ瞳は、セシリアをまっすぐにとらえて離さない。

けっしてどこにも逃がさない、とでも言うかのように。

「改めて伝えたい。俺には君が必要だ。これからもずっと、そばにいてほしい」

「デズモンド様……」

その瞬間セシリアは、なんのわだかまりもなく、ただ素直に彼が好きだと感じた。

自分でも知らなかったような心の奥深いところで、彼を愛しく思っている。

（これが、愛するということなのね）

そばにいるだけで胸が高鳴り、一挙手一投足《いっきょしゅいっとうそく》に心奪われ、見つめられれば泣きたくなるほど胸がいっぱいになる。

こんな感情、今までの人生では知らなかった。

同時に、エヴァンに抱いていた思いは、恋愛感情ではなかったのだと気づく。

出会った頃はたしかに淡い恋心だった。

だがいつしか、聖女として彼を支えなくては、務めを果たさなければという気持ちしかなくなっていた。セシリアはずっと、それを恋心と勘違いしていたのだ。

（私たちは、お互いがお互いを想っていなかったのね）

エヴァンを繰り返し死に導いたのは、彼がセシリアを愛さなかったからではなく、セシリアが本当の意味でエヴァンを愛していなかったからでもあったのだろう。

あふれんばかりの想いが心を支配して、セシリアは潤んだ瞳でデズモンドを見つめることしかできないでいた。するとやにわに背中に手を回され、目の前が陰る。

すぐに、やわらかな感触が唇に落ちてきた。

デズモンドとの久々のキスは、泣きたいほどにうれしくて、すぐに離れてしまった唇を求めるように目で追ってしまう。

デズモンドはなにかをこらえるように眉をひそめ、それからまたすぐに唇を重ねた。

触れるだけだったキスが、甘く、艶めいたものに変わっていく。

「ん……」

キスの合間にたまらず小さな吐息を漏らすと、それを合図にしたかのように、デズモンドの手のひらがセシリアの体の線をたどった。

「セシリア……」

腰に響く声が、耳朶を打つ。

首筋をなで下ろし、緩やかに背中をなでると、今度は腰のあたりをさすられる。

それはやがてふらちな動きを見せ始め、もう一度体を這い上って胸の膨らみを包み込んだ。あの夜を呼び起こすような手つきに、体の奥が熱く疼《うず》く。

ようやく唇が離れると、互いの上がる息が近くで混ざり合った。

デズモンドの顔が、見たこともないほど赤くなっている。

目にはどこか焦燥めいたものが浮かんでいて、大人の余裕に満ちた、いつもの彼とはどこか違った。

「君を前にすると、理性が働かなくなる」

赤い顔のまま、彼が困ったように笑う。

男の色気に満ちたその笑顔に刺激され、セシリアは、あの夜の出来事を鮮明に思い出した。

……——体中を這いずり回る、濡れた感触。

自分のものとは思えない甘い声を漏らすと、彼は色気たっぷりの笑顔を見せて、何度もセシリアの唇を塞いだ。

——『気持ちいいか？』

彼の手は、大きくて温かかった。

初めての快楽に溺れながら恐る恐る、汗で湿った背中に手を回したのを覚えている。

——『痛くないか？』

行きずりの一夜限りの女に、この人はどうしてこんなにも優しいのだろう。

そのことに戸惑いながら、セシリアはひたすら彼に身を任せていた。

何度も人生をやり直したが、こんな温もりは知らなかった。

こんな、心をも溶かしてしまうような……。

揺れる視界に映る、鍛え抜かれた上半身。

情欲に満ちたスカイブルーの瞳――……。


「セシリア、もう限界だ。これ以上は我慢できそうにない」

デズモンドが、切羽詰まった声を出す。

それから彼は、セシリアの耳もとで甘くささやいた。

「今夜、いつもより遅くに行く。あの日のように俺を受け入れてくれるか？」

デズモンドから与えられる熱で夢うつつだったセシリアは、はいと答えようとした。

だが。

――『ジゼル様の後宮入りはいつなのかしら？』

まるで稲妻のように、いつか耳にした声が頭の中に降ってきて、あっという間に目が覚める。

氷魔法を器用に使う、薄紫色の髪をした、まるで妖精のように美しい女性。

気づけばセシリアは、逃げるようにしてデズモンドから離れていた。

セシリアの急な態度の変化に、デズモンドが虚を衝かれている。

「どうした？」

「あの、私……」

「なんだ。言いたいことがあるなら言ってくれ」

「私、あの方が――」

胸が、ドクドクと不穏な音を刻んでいる。

デズモンドの一挙手一投足に心ときめかせていたときとはまるで違う、暗い鼓動だった。

呼吸が苦しくなり、そのうち寒気に襲われる。

（……なんだか様子がおかしいわ）

デズモンドの本命はジゼルだという噂を思い出し、彼を受け入れることを躊躇したはずだった。だがそれとはまた違う重だるい感覚が、急激に肩にのしかかっている。

あっという間に息が苦しくなり、霧が立ち込めたかのように視界が白んでいく。

「セシリア？　おい、セシリア！」

デズモンドの声と、肩を揺さぶられる感覚を最後に、セシリアの意識はプツリと途切れた。

＊＊＊

「セシリア⁉」

急に気を失ったセシリアを、デズモンドは慌てて両手で支えた。

ぐったりと彼の体にしなだれかかったセシリアは、尋常ではない荒々しさで呼吸を繰り返している。かなりの高熱があるようだ。

（どうしたんだ、急に）

ただ事ではないと判断し、デズモンドは気絶した彼女を馬に乗せ、急いでオルバンス城に戻った。

早急に王宮医師を呼んで、自室のベッドに横たわる彼女を診察させたが、原因不明とのこと。

対処の仕方がわからないと嘆く王宮医師に、デズモンドは言葉を失う。

「私は魔導士ではないので判断いたしかねますが、これほどの高熱でしたら、魔力熱の可能性があります。ですが、セシリア様は魔法を使えないとお聞きしましたが……」

魔力熱とは、大量の魔力を消費した際にきたす高熱のことだ。

「もしやということもある。すぐに調べさせよう」

デズモンドは、背後にいるベンジャミンに「エンリケを呼んできてくれ」と告げる。

魔力熱かどうかは、高度な治癒魔法が使える者だけが判断できる。

そこに、退室する王宮医師と入れ替わるようにして、黒のドレス姿のジゼルがやって来た。

「セシリア様がお倒れになったですって⁉」

ジゼルは部屋の中に駆け込むと、ベッドに横たわるセシリアを見て血相を変える。

「まあ、なんてこと……」

「セシリア様と面識があるのか？　性に合わないと言って、城に来たときも後宮界隈は避けているのに、どこで知り合ったんだ？」

ベンジャミンが、驚いたようにジゼルに聞いた。

「薬学研究所の手伝いをしに行ったとき、たまたまお会いしたのよ。飾らないかわいらしさがあって、ひと目でこの方のことが気に入ったの。どうにかして助けたいわ」

ベンジャミンの妹である彼女のことは、デズモンドも昔から知っている。

魔法にしか興味がない、いわゆる魔法オタクだ。父である大魔導士エンリケを超えるのだと、日がな魔法修行に専念している。会えば魔法の話を延々とされるので、子どもの頃はよく逃げ回っていた。

あらゆる魔道具を専用部屋にコレクションしていて、新作が出た際には命がけで入手しようとする。デズモンドの権力で希少な魔道具を手に入れてくれと頼まれたのは、一度や二度ではない。

後宮にいる妃たちとはまた違った意味で、デズモンドはジゼルを苦手としていた。

彼女が正妃になるのではという噂が流れているが、とんでもないデマだ。

だがその噂のおかげでしつこく言い寄る女の数が格段に減ったので、放置しているだけである。

とにかく、エンリケを呼ぶまでもなく彼女が駆けつけてくれたのは幸運だった。

「ちょうどいいところに来てくれた。魔力熱による発熱の可能性があるらしい。診てくれないか」

「そうなの？　わかったわ」

ジゼルはすぐに、横たわるセシリアの胸のあたりに両手をかざした。

手のひらから発せられた白い光が、セシリアの体に広がる。

治癒魔法の一種で、これまでの魔力消費量を調べる魔法だ。

ジゼルの表情が、みるみる険しくなっていった。

「規格外の魔力消費量を感じるわ。魔力熱で間違いないわね」

続けてセシリアの口の中を覗き込んだジゼルが、銀色の瞳を大きく見開いた。

「なんてこと！　信じられないわ！」

「どうした？　なにかわかったのか？」

デズモンドが詰め寄ると、ジゼルはゴクリと喉を鳴らす。

そして、緊張した面持ちで言った。

「これは、時空魔法による魔法斑よ。それも繰り返し使ってる。魔力熱が出たのは、過去に何回も時空魔法を使ったことが原因ね」

「時空魔法だと？」

時を遡る異色の魔法については、デズモンドもかつて学んだことがある。

この世界には、火・水・風・土・暗黒・治癒・時空の七つの魔法が存在する。

最も多いのが、火・水・風・土魔法の使い手だ。

暗黒・治癒魔法の使い手は、稀にいる程度である。

そして時空魔法は、長い歴史の中でも、使い手がほとんど確認されていない。

そのため、この世に時空魔法があることすら知らない者もいる。

「ここをよく見て。白い線が八本うっすらと見えるでしょ？　時空魔法の魔法斑は、使った回数だけ線が浮き出るの。つまり彼女は、今まで八回も時空魔法を使ったということね。私ですら使えないのに……」

こんな状況だというのに、魔法オタクがゆえ、悔しそうに唇を噛みしめるジゼル。

デズモンドは混乱していた。

「彼女は魔法が使えないと聞いたが――」

「おそらく、本当は時空魔法の使い手だったのでしょう。以前、真剣に時空魔法の本を読んでいらっしゃるのを見かけたことがあります」

ベンジャミンが横から口を挟んでくる。

「気になって、僕もその本を読んでみたんですけどね。時を巻き戻す時空魔法は、周知されにくい魔法のようですよ。かつて時空魔法を使った者も、死後にようやく、魔法斑から使い手であることが判明したらしいです。おまけに時空魔法を繰り返し使った者の多くが亡くなっている。たしか、限度は八回だったかな」

「私が言おうと思ったのに。お兄様にしては珍しく、よく知っているわね」

「ジゼルに負けてばかりはいられないよ」

のんきな会話をしている兄妹の横で、デズモンドはがくぜんとしていた。

「限度は八回……。これ以上使えば、死んでしまうということか」

彼女が目の前からかき消えてしまうなど、想像しただけで心を乱される。

デズモンドの切羽詰まった様子を見て、ジゼルが表情を引きしめた。

「そういうことになるわね。でも、安心して。魔力熱なら、魔法研究所が作っている薬ですぐに下げることができるわ。大事なのはここからよ。彼女にもう二度と時空魔法を使わせないようにしないと」

ジゼルの言葉に、ベンジャミンも大きくうなずいた。

「その通りだ。ジゼル、すぐに薬を頼めるか？」

「当然よ！　風魔法で魔法研究所に行って、大至急用意させるわ！　あ、その前にセシリア様に治癒魔法をかけておくわね。気休め程度だけど、少しの間だけ熱が下がると思うから」

言うが否や、ジゼルは手のひらにオレンジ色の光の玉を出現させ、セシリアの頭部に浸透させた。

「これでよし！」

満足げに鼻を鳴らした後、その姿はあっという間に消えていた。

風魔法を使い、目に見えぬほどの速さで移動したのだろう。

セシリアの状態が回復すると知って、デズモンドはひとまずホッとした。

だが、どうしても解せないことがある。

「彼女は、どうして八回も時を巻き戻す必要があったんだ？」

つまり彼女は、魔法が使えない聖女などではなかった。

希少な時空魔法を使える、類まれなる聖女だったのだ。

「ん……」

すると、セシリアの微かな声がする。

長いまつげが震え、宝石が姿を現すように、エメラルドグリーンの瞳が現れた。

先ほどよりも幾分か表情が穏やかだ。ジゼルの治癒魔法が効いたのだろう。

「デズモンド様……」

ぼうっとした表情をしつつも、デズモンドを視界に映すなり彼女がわずかに微笑む。

まるで、デズモンドの姿を見て喜んでいるようだった。

胸をぎゅっと鷲《わし》づかみにされた心地になり、デズモンドは淡いブルーの髪を優しくなでてやる。

「私、どうしてここに？　デズモンド様と出かけていたはずでは……」

「途中で高熱が出て、気を失ったんだ。ここには俺が連れ帰った」

「まあ……。ご迷惑をおかけして、申し訳ございません。でも、どうして急に熱なんか……」

「時空魔法を繰り返し使ったことによる魔力熱らしい。ジゼルが今、魔力熱に効く薬を用意してくれている。飲めば落ち着くらしいから、心配はいらない」

そう告げると、セシリアは目に見えて狼狽した。

時空魔法が使えることを他人に知られたのは、初めてなのかもしれない。

「八回も使ったそうだな。頼むから、もう使わないでくれ」

「――はい」

驚くこともなく、神妙な顔でうなずくセシリア。

その様子を見て、デズモンドは確信する。

セシリアはおそらく、時空魔法に限りがあり、その先に死が待ち受けているのを知っていた。そのうえで、あえて何回も使ったのだ。

デズモンドは、敷布の上にある彼女の左手を両手で包み込む。

「教えてくれ、セシリア。君はどうして、繰り返し時空魔法を使ったんだ？　自分の命を削ってまで守りたかったものとはなんだ？」

セシリアは目を見開くと、みるみる顔を曇らせた。

「それは――」

戸惑うように、口を閉ざすセシリア。

だがデズモンドに射るように見つめられ、逃げられないと悟ったのか、やがて重い口を開いた。

「エヴァン殿下を、お救いするためです」

セシリアの元婚約者、エンヤード王国の王太子、エヴァン・ルーファス・エンヤード。デズモンドは、エンヤード城の謁見の間で見た、金髪にグレーの瞳を持つ彼の姿を思い出す。

「人生を何度やり直しても、エヴァン殿下は若くして亡くなられてしまいました。聖女を伴侶にしたエンヤード王は、長生きするという言い伝えがあるのに……。そのうちその原因が、聖女である私が彼に愛されていないため、ダリス神の怒りを買っているからだと知りました。だけどどんなにやり直してもエヴァン殿下は死んでしまい、今回の人生で、私は聖女をやめる決意をしたのです……」

（そういうことだったか）

聖女を辞める手っ取り早い方法が、エヴァン以外の男に抱かれることだった。

つまり、エヴァンに嫌われて蔑ろにされ、嫌気が差したわけじゃない。エヴァンをこの世の誰よりも深く愛していたから、あえて不貞を働く道を選んだのだ。

(愛する者を救うために、命を削って人生をやり直し、ほかの男に操を捧げる覚悟をする。これほど壮大な愛を、俺はほかに知らない)

胸に、太い杭《くい》が打ち込まれたような心地がする。

セシリアにそれほどまで愛されていたあの王太子が、心の底から憎い。

(そして彼女の心は、おそらくまだあの王太子にある)

先ほど、夕暮れの丘でキスをした際、途中で我に返ったように拒絶されたからだ。

『どうした?』

『あの、私……』

『なんだ。言いたいことがあるなら言ってくれ』

『私、あの方が――』

エヴァンが忘れられない。セシリアは、きっとそう言いたかったのだろう。

デズモンドよりもはるかに長い間、彼女はエヴァンと時を共有してきたのだ。

自分が勝る余地などないのかもしれない。

押し黙るデズモンドを見て、セシリアが戸惑うように視線を泳がせる。

重い沈黙を破ったのは、今まで静観していたベンジャミンだった。

「セシリア様が時空魔法の使い手だということを、ほかに知っている人はいるのですか？」

「誰にも言っていないので、いないと思います。そもそも、言ったところで信じてもらえないと思っていましたし」

「時空魔法を使う瞬間に人に触れたことはありませんか？　だとしたら、知っている人がいる可能性があります。本で読んだんですけど、触れた相手も一緒に時空を遡るらしいので」

　セシリアが、驚いたように目を瞠った。

「そうなのですか？　それは、知らなかったです。うーん……でも誰にも触れていないと思います」

　そのときバンッと扉が開いて、薄紫色の髪を乱れさせたジゼルが入ってきた。

　ベッドの上に起き上がっているセシリアを見て、表情を輝かせる。

「まあっ、セシリア様！　お目覚めになられたのね！　よかったわ！」

　がばっとセシリアに抱き着くジゼル。

　女同士とはいえセシリアに気安く触れるジゼルに、デズモンドは軽い苛立ちを覚える。

スリスリと頬ずりまでしているジゼルの肩をつかみ、グイッとうしろに引いた。

「やめろ、セシリアは体調を崩しているんだ。それにその髪はなんだ。仮にも貴族令嬢の端くれだろ？」

乱れた薄紫色の髪をわしゃわしゃともとに戻してやると、ジゼルが子どものようにぷうっと頬を膨らませる。

「セシリア様のために全力でがんばったのよ。少しは褒めてくれてもいいんじゃない？　ねえセシリア様、デズっていつも私にだけつれないのよ。ひどいと思わない？　セシリア様？」

セシリアはなぜか、暗い表情でうつむいている。

そんな彼女の額に、ジゼルが慌てたように触れた。

「治癒魔法の効果がもう切れたのかしら？　たしかにちょっと熱いわね。でも大丈夫、魔力熱に効く薬を手に入れてきたから、すぐにお飲みになって」

ジゼルが、懐から取り出した小さなガラス瓶をセシリアに手渡す。中には、薄桃色の液体がたっぷり入っていた。

「一メモリ飲めばすぐに効果が出るわ」

「ジゼル様、なにからなにまでありがとうございます」

「好きでしていることだから、気になさらないで。一日一回、しばらくは欠かさず飲んでね。あと、時空魔法はもう二度と使わないで！　次は確実に命を落とすから」

「はい、わかりました」

「それから体が完全に回復したら、時空魔法のお話をたくさん私に聞かせてね！　時空魔法を使える方とお話ししたいとずっと思っていたの。できれば私が使えるようになりたいんだけど、それは無理だから、話を聞くだけで我慢するわ」

「……はい、私でよかったら」

そう答えたセシリアの笑みはどこかしら覇気がなかったが、生まれて初めての激しい嫉妬心に翻弄されているデズモンドは、それに気づけなかった。

＊＊＊

ジゼルの言葉通り、薬によってセシリアの熱はあっという間に下がった。それでも薬が切れるとまた発熱し、しばらくは出たり下がったりを繰り返していたが、一瓶飲み終える頃にはすっかり落ち着いていた。

体調が完全に回復してからもなお、セシリアは元気がなかった。

といっても、原因は魔力熱ではない。

(デズモンド様とジゼル様、すごく仲がよさそうだった)

魔力熱に倒れ、部屋に運ばれた日の夜、セシリアはジゼルと一緒にいるデズモンドを初めて目のあたりにした。

そして、見たこともないほどくだけた調子でジゼルに接するデズモンドに、ひそかにショックを受けていた。

デズモンドのジゼルに対する態度は、どう見ても特別だった。

互いをわかり合い、信頼し合っているからこそ成り立つ、唯一無二の距離感だ。

(デズモンド様がお優しいから勘違いしかけていたけど、私の入り込む隙なんかなさそう)

芽生えていた自信がみるみる消失し、セシリアは臆病になっていた。

ある日突然ジゼルとの婚姻を言い渡されたらどうしよう——そんな想像をして、デズモンドに会うのが怖くなってしまう。

セシリアの気持ちが伝わっているかのように、この頃はデズモンドの方からもセシリアに会いに来なくなった。

そのこともまた、セシリアの心に追い打ちをかける。

セシリアが時空魔法の使い手と判明したからかもしれない。

（デズモンド様は、魔法が使えないと悩んでいた私の味方になってくれたのに、本当は魔法が使えたと知って幻滅されたのね）

もう使うつもりがなくとも、嘘は嘘である。

まっすぐで曲がったところのないデズモンドは、嘘を嫌う性格なのだろう。


吹く風が少し寒さを帯びてきた、ある日の夜。

自室のソファーにて、セシリアはうつむきながら紅茶を飲んでいた。

今夜も、デズモンドの訪れはなさそうだ。

小さくため息をついて顔を上げると、心配そうにこちらを見ているエリーと視線が交わる。

セシリアがなにに悩んでいるのか、彼女はお見通しのようだ。

「セシリア様」

空になったカップにティーポットから紅茶を注ぎながら、エリーが意を決したように話しかけてきた。

「皇太子殿下と、一度きちんと話し合われたらいかがでしょうか？　セシリア様の部屋に来られなくなったのは、やむをえない事情がおありだからだと思うのです。差し出がましいようですが、皇太子殿下は、セシリア様を大事に思われているようにしか見えませんでしたので」

エリーの心遣いをうれしく思いながら、セシリアは薄く微笑んだ。

「気を使わなくても大丈夫よ。デズモンド様が私に飽きられるのは、最初からわかっていたことだもの。そもそもこの身は、エンヤード王国の未来のためにオルバンス帝国に捧げたようなもの。私がここにいるだけで祖国の役に立つなら、大事にされなくとも、それで充分だわ」

デズモンドはセシリアを抱いたことに責任を感じ、自国に連れ帰っただけのこと。あくまでも、本命はジゼルだ。

優しい彼のことだから自信のないセシリアの味方になってくれたが、セシリアの嘘をきっかけに気持ちに変化があったのだろう。

あの夕暮れの丘で、彼に特別に想われているのかもと、うぬぼれかけた自分が恥ずかしい。

人生思うようにいかないことだらけなのは、痛いほど知っている。

「幸い、後宮には親しくしてくださる方がたくさんいるもの。あなたもこうして近くにいてくれるし、きっと楽しい人生になるわ」

セシリアは、心の奥にぽっかりとあいた穴に気づかないフリをして、いまだ心配顔で佇《たたず》んでいるエリーに向けてにっこり微笑んだ。

七章　落第魔導士の策略

セシリアとデズモンドの間に距離が生まれてしばらく経った頃。

友好条約締結の使者として、間もなくエンヤード王国の第二王子カインが来城するとの知らせが入る。

その日、セシリアは生成りのオルバンス帝国の伝統衣装に着替え、馬車着き場に向かった。カインを出迎え、謁見の間に案内するためだ。

顔見知りのセシリアが案内する方が、彼も過ごしやすいだろうとの配慮からだった。

そこでカインは皇帝に謁見し、まずは挨拶を済ませる。皇太子のデズモンドと第一皇子のグラハムも同席する予定だ。

馬車着き場には、ちょうどエンヤード王国の聖杯の紋章が刻まれた馬車の列が到着したところだった。

(懐かしい紋章だわ。エンヤード王国ではあれほど長い間、時を過ごしたのに、もう大分前のことみたい)

それほど、セシリアがオルバンス帝国での暮らしになじんでいるということなのだろう。

控えていた衛兵が一番大きな馬車の扉を開く。

人見知りの激しそうなカインが気持ちよく入城できるよう、セシリアは笑みを浮かべた。

だが馬車から降りてきたのは、ありえない人物だったのである。

（え……？　嘘、なんで……）

サラサラの金色の髪に、グレーの瞳、均衡の取れた顔立ちに、スラリとした体躯《たいく》。

金の紐ボタンが羅列した白のジュストコールが怖いほど似合うその人は、カインではなく、エンヤード王国の王太子でセシリアの元婚約者のエヴァンだった。

カインのために用意していた出迎えの言葉が、ひとつ残らず頭から飛んでいく。

彼に辛辣な言葉を投げかけられ、蔑ろにされた日々が一気に脳裏によみがえり、セシリアは無意識のうちに一歩後退していた。

（どうして、エヴァン様が……）

最後のこの人生、もう二度と会うことはないと思っていた彼に思わぬ形で再会し、頭の整理が追いつかない。どのように声をかけたらいいかわからず、ただただ顔色をなくしてエヴァンを見つめるしかできないでいた。

するとエヴァンが、セシリアに向かって、見たこともないほど朗らかに微笑んだ。

「セシリア、久しぶりだね。元気そうでよかった」

ループ人生でもほとんど耳にしたことがない、穏やかな口調で話しかけられる。

わけがわからず、セシリアはしばらくの間固まっていたが、やがて我に返ると慌ててスカートをつまんでお辞儀をした。

「このたびは、遠路はるばるオルバンス帝国まで足を運んでくださりありがとうございます。あの……カイン殿下が来られるとお伺いしていたのですが……」

「カインは体調を崩したため、代わりに俺が行くことになったんだ。我が国にとって、オルバンス帝国との友好条約締結は最優先事項だ。次期国王として立ち合った方がいいだろうと国王も判断された」

「そうだったのですか……」

とはいえ、不貞を働いた元婚約者のもとに彼を送るなど、エンヤード王も思いきったものである。

腑《ふ》に落ちないでいると、セシリアの全身に視線を馳せたエヴァンが、まぶしげに目を細めた。

「そのドレス、君によく似合っているね。すごく綺麗だ」

「え……？」

セシリアは、信じられないものを見る目でエヴァンを眺めた。

綺麗などという言葉は、ループ人生で、どんなに努力しても彼からかけられた覚えがない。それが婚約関係でも結婚関係でもなくなった今、当然のように口にされたのだから、うれしいどころかむしろ怖くなる。

「どうして、そんなことをおっしゃるのですか……？」

戦々恐々《せんせんきょうきょう》として問いかけると、エヴァンは不本意というように眉根を寄せた。

「どうしてって、綺麗なものを綺麗と称賛するのは当然のことだろう？　君は本当に改めて見ても――美しい。さすが、ダリス神に選ばれた聖女だ」

「……もう、聖女ではありません」

複雑な気持ちで、そう返事をする。

するとエヴァンは一瞬真顔になった後で、何事もなかったかのようにゆるりと微笑んだ。

「ああ、そうだったね。それでも俺の中でだけ、まだ聖女だと思わせてくれ」

（エヴァン様は、いったいなにをお考えなのかしら……？）

謁見の間へとエヴァンを案内している最中も、セシリアは混乱の極致にいた。

（しかも『まだ聖女だ』だなんて。新手のいじめ方かしら。これからとんでもないしっぺ返しを用意しているとか）

だとしても、セシリアと縁が切れてせいせいしているはずの彼が、わざわざ遠い異国の地まで来ていじめる理由がわからない。よほど性格がねじ曲がっていると言えばそれまでだが、幼い頃から帝王学をひたむきに学んできたエヴァンは、根は愚かな人間ではない。

不安に思いながら謁見の間で待機していると、やがて皇帝が姿を現し、玉座に腰掛けた。

続いてデズモンドとグラハムが入ってきて、玉座の近くに控える。

カインの顔を知らない皇帝とグラハムはいたって普通の態度だったが、デズモンドだけはあからさまに雰囲気を凍りつかせている。

「なぜ貴殿が？　第二王子が来城すると聞いていたが」

セシリアは今まで、デズモンドのこれほど恐ろしい声を耳にしたことがない。

嫌悪感が露骨に滲み出ていて、彼がエヴァンを歓迎していないのはあきらかだった。

普段は落ち着いているだけに、そのギャップにヒヤリとする。

かつてエンヤード城でひと悶着を起こした際、エヴァンが暴言を吐いたのを覚えているのだろう。

「第二王子は体調を崩したため、代わりに私が来ることになったのです。連絡が滞っていたようで、大変失礼いたしました」

一方のエヴァンは、落ち着いた笑みを浮かべている。

「まあ、どちらでもいいではないか。彼は次期エンヤード王となる身。エンヤード城ではいろいろあったと聞いたが、次期君主同士、和解するいい機会だ。温かく迎え入れよう」

豪快な気質の皇帝は、使者がカインであろうがエヴァンであろうがどうでもいいようだ。むしろ今の状況を楽しんでいるような節すらあった。

皇帝のひと声でその話は終わりとなり、宰相の口から、友好条約調印に関するあらましが伝達される。

その間も、デズモンドは終始渋面だった。

一瞬だけセシリアと目が合ったものの、戸惑うように逸らされる。

彼のその他人行儀な態度は、セシリアをひそかに傷つけた。

突然のエヴァンの来訪は、セシリアをおおいに戸惑わせた。

なぜなら彼が滞在中の多くの時間を、セシリアと過ごすからだ。

城案内から、友好条約の調印式、両国の親睦《しんぼく》を深めるための食事会、王城敷地内にあるユルスック神殿の見学まで、目白押しである。

そもそも、カインが来ると思っていたから立てた計画だ。エヴァンが来るとわかっていたなら、こんな予定は組まなかった。

だが決まったことなので、今さら覆せない。セシリアは仕方なく、彼が滞在する七日間をともに過ごす覚悟をする。

まずやらなければならないのは城案内だった。エヴァンとともに広大な城の中を歩き、要所で説明を加えていく。

「こちらが西棟でございます。政治の要となる場所で、私もほとんど立ち入ったことがございません」

「ずいぶん立派な建物だな。細部まで緻密につくられている。オルバンス帝国の建築技術は素晴らしい」

エヴァンは感嘆の声をあげながら、真剣にあたりを見学していた。

かと思えば、ふとしたときにセシリアをじっと見ていることがある。

グレーの瞳には、一度も見たことがないような熱が滾《たぎ》っていて、セシリアは思わずドキリとした。気づいていないフリをしてすぐに目を逸らしても、エヴァンの方からは変わらず視線を感じて落ち着かない。

（エヴァン様は、いったいどうされたのかしら）

エヴァンは、セシリアを愛さない。

人としても好んでくれない。

なにをどうあがこうと、セシリアを忌み嫌うしかできないのだ。

ループ人生で、セシリアはそのことをいやというほど学んだ。

だが友好的な態度を向けられている今は、忌み嫌われているようには感じない。

（そうだわ。私は今となっては、オルバンス帝国側の人間。友好条約を締結するのに、オルバンス帝国の人間である私に冷たくしたら外聞が悪いもの。だからエヴァン様は、私に優しくするフリをしているのね）

やがてセシリアは、自分の中でそう結論を出した。

それが最も自然で、納得のいく答えだったからだ。

催し事以外でも、エヴァンは事あるごとにセシリアと関わろうとしてきた。

セシリアは戸惑いつつも、あくまでも表面上の付き合いに徹し、冷静にやり過ごしたのである。

不可解な出来事はもうひとつあった。

やたらとデズモンドに出くわすようになったのだ。

そもそもセシリアとデズモンドは活動場所が異なるため、日中はまず出くわさない。魔力熱で倒れて以降、デズモンドが夜に後宮に来ることもなくなり、会わない日々が続いていた。

だがどういうわけか、エヴァンがオルバンス城に来てからというもの、あらゆる場所でデズモンドの姿を見るようになった。

渡り廊下、玄関ホール、庭園など、決まってセシリアがエヴァンと一緒のときだ。

そしていつも、うしろから追いかけてきたベンジャミンに引き戻されていた。

「デズモンド様、怖い顔をしないでください！　ほら、ご政務中ですし！」

そんな声が聞こえたこともある。

とにかくセシリアにとっては、ひとときも気が休まらない、とてつもなく長い日々だった。

（エヴァン様の滞在も、今日で最後だわ）

六日目、セシリアの肩の荷がようやく下りようとしていた。

エヴァンを王城敷地内にある神殿に案内すれば、計画していた催し事は終わりである。一夜明ければ、エヴァンはオルバンス帝国を発ち、セシリアの穏やかな日常が戻ってくるだろう。

セシリアはホッとしつつ、エヴァンとともに、王城敷地内の隅にある森に向かった。

オルバンス帝国の国教であるユルスック教の神殿は、うっそうと木々が生い茂るその森の奥にある。千年も前に建てられた、小ぶりなゴシック建築物だった。

歴史的価値が高く、要人を城に招いた際は案内するのが習わしになっているらしい。

小高い丘から階段を下りれば、木々に埋もれるようにして、神殿が建っていた。

王城敷地のはずれにあるため、人気がなく、静謐《せいひつ》たる空気に包まれている。

石造りの戸を開けると、ユルスック神の壁画を祀った祭壇が姿を現した。

色とりどりのステンドグラスの光に包まれた神殿の内部は、この世のものとは思えないほど美しい。

「これは素晴らしい。ダリス教の教会とはまた違った美しさがあるな」

神殿内に足を踏み入れたエヴァンが感嘆の声を漏らす。

彼のうしろに続くようにして、従者たちもぞろぞろと中に入ってきた。セシリアが従えている従者もいるため、小ぶりな神殿内はあっという間に満員になってしまう。

エヴァンが困ったように肩をすくめた。

「これでは、ゆっくりとユルスック神の神秘を堪能することができない。しばらくの間、セシリアとふたりきりにしてくれないか」

エヴァンの突然の提案に、セシリアは面食らった。

この六日間、セシリアはエヴァンと多くの時を過ごしたが、いつも互いに従者を従えていたため、ふたりきりにはなっていない。

なんとなくの気まずさを覚え、「でしたら、私も出ていますね」と戸口に足を向けようとした。しかし。

「君がいなくなったら、誰がこの神殿を案内してくれるんだ？」

もっともな切り返しをされ、セシリアは躊躇した。

（たしかにそうだわ。エヴァン様には殴られたこともあるけれど、友好条約を締結した今、ひどいことはなさらないはず。信仰心の強いお方だから、きっと異国の神についても純粋に興味がおありなのでしょう）

「それもそうでしたわね。失礼いたしました」

セシリアが室内に戻るのと入れ替わるようにして、従者たちが外に出ていく。

神殿内にはセシリアとエヴァンだけが残された。

「それでは、こちらの壁画をご覧ください」

早く説明を終えて退散しようと、セシリアは行動を急いだ。

壁画を指し示し、オルバンス帝国に来てから学んだ、ユルスック神に関する知識を口にする。

「中心に描かれているのが、赤いゼラニカの花冠をいただいたユルスック神です。ゼラニカの花は太陽の分身と考えられており、太陽の神であるユルスック神の象徴とされています。そして隣にいるのが、ユルスック神の使者である聖人です。すべての魔法を使いこなす、最強の使者と云われています」

「ダリス教は聖女だが、こちらは聖人か。聞いたことはあるが、壁画を見るのは初めてだ」

思った通り、エヴァンは興味津々に食いついてきた。

「はい。ですが、聖女と聖人には大きな違いがあります。ダリス教の聖女はその存在を公にされていますが、ユルスック教の聖人は伝説めいたところがあり、いるかいないのか定かではないとか。聖人を見極める方法は、右手首にあるメビウスの痣と云われていますが、聖人はそれを隠す傾向にあるようです」

セシリアは、聖人の右手首に描かれたメビウスの形を指し示した。

「なるほど。どうしてそのようなことをするのだろう？」

「一説によると、オルバンス帝国の聖人は神に代わる主を決め、その方のためだけに身を捧げるしきたりがあるのだとか。聖人であることが知られてしまえば、多くの要望に応えなければならなくなり、しきたりの弊害となるからだと考えられています」

「へえ、それはうらやましい」

聖人の壁画を眺めながら、エヴァンが目を細める。

「俺も君を、自分だけの聖女にしておきたかった」

意味深な発言に、次の説明に入ろうとしていたセシリアは、思わず口を閉ざした。

グレーの瞳が、まっすぐこちらに向けられている。

「……なにを、おっしゃっているのですか？」

新たな関係ができつつある今、エヴァンはなぜ過去を蒸し返そうとするのか。

するとエヴァンが、セシリアから視線をはずさないまま近づいてきた。

「俺は君を失ったことを、後悔している」

セシリアは、今度こそ返す言葉を失った。

まさかあれほど忌み嫌われている彼から、そんな言葉を告げられるなど、微塵も想像していなかったからだ。

エヴァンはセシリアの前で足を止めると、手を伸ばして頬に触れてきた。

ひんやりとした感触に、背筋がぞくっとする。

「殴って悪かった」

「いえ、もう別に……」

まるで、悪い夢でも見ているかのようだ。

とにかく頬にある手を早く遠ざけてほしくて、セシリアはそわそわと落ち着かない気分になる。すると、エヴァンが耳を疑うようなセリフを口にした。

「俺たち、もう一度やり直さないか？　少々の不貞くらい許してやる、俺もさんざん遊んだからな。君を愛しているんだ。一緒にエンヤード王国に帰ろう」

今目の前にいる、エヴァンそっくりな彼は、いったいどこの誰だろう？

セシリアは信じられない気持ちで、つくづく目の前の気品あふれる貴公子を眺めた。

（なにをおっしゃっているの？　どんなに歩み寄っても、決して心を開いてくれなかったのに。どうして今さら――）

ドクドクと、心臓がいやな音を奏でている。

混乱による息苦しさを覚えつつ、セシリアはどうにか言葉を絞り出した。

「私はもう聖女ではありませんし……」

「かまわない。むしろその方が都合がいい。君が聖女でない方が、俺はありのままの君を大事にできる」

「でも、新聖女様がいらっしゃるではないですか？　それにマーガレット様も……」

「新聖女など論外だ。あのような子どもに、俺が欲情できるわけがないだろう？　それからマーガレットは宰相の息子と結婚が決まった。そもそも、あんな汚らわしい女のことなんかどうでもいい。君の方がよほど魅力的だ」

気が遠くなるほど長い間望んでいた、エヴァンからの愛の言葉。

それを唐突に投げかけられ、過去の自分が怯みかける。

だが、どこかで聞いたような物言いに心がスーッと冷えていった。

――『これまでのことはすべて忘れて、君はこの国で、君らしく生きるといい』

そうだ。

セシリアはもう、エヴァンに愛されることにだけ重きを置いているような女ではない。デズモンドが、セシリアにあるべき生き方を教えてくれた。

セシリアには、自分で物事のよし悪《あ》しを判断して、自分のために生きる力がある。

「私のときも、そうおっしゃっていたではないですか」

静かにそう反論すると、とたんにエヴァンが泣きそうに顔をゆがめる。

「違うんだっ！　それには深いわけがあって……っ！」

腕をつかもうとしたエヴァンの手を、セシリアはスルリと身をかわしてよけた。

「エヴァン殿下は、愛情というものをはき違えておられます。私がご自分のもとからいなくなったから、つまらなくなったのでしょう？　それでは、おもちゃを取り上げられてダダをこねる子どもと一緒ではないですか。愛情というものは、そのような身勝手なものではなく、もっと心の奥深くで相手を思いやれる尊い感情だと思うのです」

一気にまくし立てると、彼の額に青筋が立ったのがわかった。

「まるで、本物の愛情を知っているとでもいうかのような言い草だな」

あざ笑うように言うと、エヴァンが突然、強い力でセシリアを抱きしめた。

「きゃ……っ！」

驚いて彼の胸から逃れようとするが、思った以上に屈強な腕がそれを許してくれない。顎をつかんで無理やり上を向かされ、顔を近づけられた。

彼の吐息が鼻にかかり、全身にぶわっと鳥肌が立つ。

（キスされる!?　いやだ……っ！）

全力で両腕に力を込め、彼の胸を突っぱねようとしたそのときだった。

――バンッ！

勢いよく石扉が開く音がして、次の瞬間には、エヴァンの体が吹っ飛んでいた。

体が熱い温もりに包まれる。覚えのある香りが鼻腔をついた。

シトラスと土埃と日の光を混ぜたような香り――デズモンドだ。

デズモンドは震えるセシリアを強く抱きしめながら、壁際で尻もちをついているエヴァンをきつく睨んだ。

「うわ～。やっぱり殴っちゃいましたか！」

追いかけるようにして、戸口から黒のローブ姿のベンジャミンが姿を現す。

「汚れた手でセシリアに触れるな」

頭上から、刺すようなデズモンドの声がした。

冷徹な声の調子とは裏腹に、セシリアの髪を労わるようになでるその手つきはひどく優しい。

エヴァンが、口の端から滲み出た血を拭いながら、ゆっくりと体を起こす。

口もとには微笑が浮かんでいるのに、グレーの瞳はまったく笑っていなかった。

「来ると思っていたよ。今日もずっと俺たちの後をつけていただろう？　俺のセシリアによほどご執心と見える」

好青年の仮面を剥がしたエヴァンが、あざ笑うような口調で言う。

デズモンドが、セシリアを抱く腕に力を込めた。

「訂正しろ。彼女はもう、貴殿のものではない」

「お前のものだとでも言いたいのか？」

「違う。彼女は、彼女自身のものだ」

デズモンドの凛とした声が、セシリアの心を震わせる。思わず潤んだ瞳で彼を見上げると、エヴァンに向けられた視線とは対極的な、温かみのある視線を向けられた。

そんなふたりの様子を見て、エヴァンが忌々しげに舌打ちをする。

立ち上がると、腰に差した剣の柄に手をかけた。

「ちょうどいい機会だ。手合わせを願いたい。この申し出は、婚約者を奪われた者として当然の権利だと思わないか？」

デズモンドも、低い声でそれに答える。

「ああ、願ったりだ。だが、血なまぐさいことは神の御前では避けたい。表に出よう」

急くようにして、ふたりは神殿の外に出ていってしまう。

セシリアが必死に決闘を止めようとしても、ふたりが考えを改めることはなかった。

セシリアは、もはや自分の力ではどうにもならないと思い知る。

生い茂る木々が風にざわめいている神殿の前に、先ほど出ていった従者たちの姿はなかった。

(助けを求めたかったのに。ああ、どうしたらいいの?)

セシリアが困惑しているうちに、ふたりは腰に差した剣をスラリと抜き、真っ向から対峙《たいじ》した。

両者とも、ひりつくような殺気に満ちている。

一瞬の油断もならない、緊迫した空気があたりに漂った。

枝から小鳥が飛び立った音を合図として、ふたりがいっせいに切りかかる。

ガキッ!という剣と剣のぶつかる音が、森中に響き渡った。

それ以降は、すばやい攻防戦がひたすら続いた。

土魔法を使えるエヴァンは、時折砂嵐を起こしたり岩をぶつけようとしたりしたが、デズモンドは抜群の身体能力でそれらをすべてかわしていく。

エヴァンの魔力が尽きた頃には、デズモンドがエヴァンを追いつめる回数が多くなっていた。

ハラハラしながらふたりの戦いを見守っていたセシリアの胸に、ふと疑念がよぎる。

(デズモンド様は、数々の戦地で功績を残したお方よ。エヴァン様だってもちろんご

存じのはず。それなのに、どうしてこんな無謀な戦いを挑まれるのかしら)

気づけば攻撃するのはデズモンドばかりで、エヴァンは防御の一途になっていた。

あきらかに劣勢のはずなのに、その顔にはなぜか焦燥を感じない。

(今までもそうだった。エヴァン様はオルバンス帝国に戦いを挑んだ際、いつも自らデズモンド様に一騎打ちを仕掛けようとしたと聞いたわ。結局それが叶ったのは一回だけで、殺されてしまったけど、エヴァン様にはなにか秘策があったのかもしれない。勝てない戦いを勝てると勘違いするような、愚かな人ではないもの)

胸を打つ鼓動が、ドクドクと速まる。

降って湧いた疑念が、確信に変わっていった。

(秘策ってなに？　考えられるとしたら……)

どうしようもなく不安に襲われていたそのとき、デズモンドから距離を取ったエヴァンが、剣を持っていない方の手を懐に忍ばせるのが見えた。

取り出されたものが、手の中でキラリと光を放つ。

(あれは、毒針！)

セシリアは、かつて同じものを目にした記憶を思い出す。

遠い昔、二度目の人生のときだった。

エヴァンがデズモンドに戦場で一騎打ちを挑み、殺害された際、遺体の胸もとから未使用の毒針が発見されたのだ。おそらく、隙を狙ってデズモンドに刺すつもりだったのだろう。

セシリアがエンヤード城内にある研究所で猛毒が開発されていることを知ったのは、その後、八度目の人生のときだった。

何度も人生をやり直すと、同じ状況下でも違う行動を取る人間が出てくるが、基本的な思考回路は変わらない。

今目の前にいるエヴァンも、デズモンドの隙をついて毒針を刺そうとしている。

こんなの、正々堂々とした真剣勝負ではない。

「デズモンド様……！」

気づけばセシリアは、デズモンドめがけて一直線に走り出していた。

だがセシリアがたどり着くよりも早く、デズモンドの剣がエヴァンの手中にある毒針を弾き飛ばす。

「く……っ！」

エヴァンが悔しげに唸った。見開かれた目には、焦燥が満ちている。

毒針はすでに茂みの中だ。

エヴァンは剣を構え直すと、デズモンドから再び距離を取った。

それから、憎々しげに問いかける。

「毒針が見えていたのか？」

すでに肩で息をしているエヴァンに対し、デズモンドは平然としている。

「いいや。貴殿が不審な動きをしたから、懐に毒を忍ばせているのかもしれないと予感しただけだ。以前セシリアから、エンヤード城の研究所内で猛毒を開発しているという話を聞いたからな。食事には気をつけていたが、こうきたか」

それからデズモンドは風のように駆け出すと、一瞬のうちにエヴァンとの間合いを詰めた。鼻先に剣を突きつけられ、エヴァンが怯んだ顔をする。

「くそ……っ！」

エヴァンの血を吐くような嘆きが、あたりにこだました。

魔力も体力も使い果たしてしまったエヴァンは、もはや抗う気力もないようだ。

勝利を確信したデズモンドが、うっすらと口もとに笑みを浮かべる。

そのときだった。

――グサッ！

不穏な音が、セシリアの耳をつんざく。

直後、デズモンドが目を大きく見開き、口から大量の血を吐き出した。

力なくした彼の手から剣が離れ、地面に転がる。

そのまま彼は地面に倒れ込んだ。

背中には、魔石のはめ込まれた重厚な剣が刺さっている。

悪夢のような光景を前に、セシリアのすべてが干上がっていく。

呼吸の仕方がわからなくなり、時が止まったかのような錯覚に陥った。

いつの間に現れたのか、デズモンドを見下ろすようにして、グラハムが立っている。

あまりに現実味のない出来事で、彼がその剣でデズモンドを刺したのだと理解するのに、ひとときの間を要した。

「ハハハ！　ついにやってやったぞ！　こいつの隙を見つけて、剣を突き立ててやった！」

倒れているデズモンドを見下ろしながら、グラハムが狂気的な声を張り上げる。

ダークブルーの目は血走り、興奮で息もままならないようだ。

「デズモンド、まだ聞こえるか？　例の特別な魔法剣がついに完成したんだ。本当はお前を倒すために開発した代物さ。私は、私から皇位継承権を奪ったお前がずっと憎かった！　ようやく、ようやく目障りなお前を消すことができる！」

それからまた、耳障りな笑い声をあたりいっぱいに響かせるグラハム。

つい先ほどまで敵意むき出しでデズモンドと争っていたエヴァンですら、悪魔さながらに狂喜乱舞するグラハムの姿に圧倒され、立ち尽くしている。

（ああ、なんてこと……）

セシリアは、ふらつく足でデズモンドに駆け寄った。

血の気を失った彼の頬に、恐る恐る触れる。

温もりに触発されたかのように、デズモンドがうっすらと目を開けた。

力を失ったスカイブルーの瞳に、今にも泣きそうなセシリアの姿が映り込む。

「セシリア……俺は愚かだな……。お前を失いたくない一心で……周りが見えなくなっていた……」

血まみれの口を苦しげに開き、どうにか言葉をつなぐデズモンドの姿に、セシリアは生きた心地がしなくなる。

「すぐにお医者様を……。ああ、私に治癒魔法が使えたら……」

「いいんだ、セシリア……。俺は間もなく……逝くだろう」

「そんな……いやですっ！」

セシリアの目からとめどなく涙があふれ、頬を濡らしていく。

デズモンドは最後の力を振り絞るようにして手を伸ばすと、セシリアの髪を優しくなでてくれた。

「最後に……これだけ……伝えさせてくれ……。君を……愛している。たとえ君が……ほかの男に……心奪われたままでも……」

(なにをおっしゃっているの?)

まるでセシリアの心に、デズモンド以外の男がいるかのような言い回しだった。

(デズモンド様は、なにか勘違いをなさっているわ。もしかして、だからここしばらく私を避けてらしたの?)

「デズモンド様、違うのです! 私も――」

セシリアは泣きじゃくりながら弁明しようとしたものの、デズモンドの変化に気づいて言葉を止める。

彼はいつの間にか力尽き、動かなくなっていた。

スカイブルーの瞳からは完全に生気が失われ、なにを見るでもなく、ただ宙に向けられている。

「デズモンド様……?」

呼吸が感じられない。喉の動きも静止している。

セシリアの声に反応することも、もう二度とない。

「いや……いやよ……っ！　お願いっ、生き返って……！」

セシリアはあらん限りの声で泣き叫ぶと、愛する人の体を無我夢中で抱きしめた。

(私の気持ちを伝える前に、亡くなってしまわれるなんて)

こんなにつらいことがこの世に存在するのかと、絶望に打ちひしがれる。

この先彼がいない世界を生きなければならないのなら、もう死んでしまいたいと思った。

ただただ、冷たくなっていく彼に頬を寄せ、むせび泣く。

だがあることに気づいて、セシリアはふと泣くのをやめた。

(あったわ。デズモンド様をよみがえらせる方法が)

――時空魔法を使って、デズモンドが死ぬ前に戻るのだ。

だがそれは、セシリアの命と引き換えになる。

デズモンドがよみがえる未来に、セシリアはいない。

(それでもいい)

セシリアの決断は早かった。

すっくと立ち上がったセシリアが顔を向けたのは、真っ白な顔でデズモンドの遺体を見つめているベンジャミンだった。

突然の主の死を、受け入れられないのだろう。

まるで魂が抜けたように、ぼうぜんと立ち尽くしている。

セシリアはベンジャミンに歩み寄ると、黒のローブの肩にそっと触れた。

我に返ったようにセシリアを見るベンジャミン。

「ベンジャミン様、あなたにお願いがございます。私はあなたに触れた状態で、今から時空魔法をかけて、デズモンド様が刺される前の世界に戻ります」

ベンジャミンが、みるみる銀色の目を見開いた。

「けれど、それではセシリア様が――」

「私はその世界で死んでしまってもいいのです。デズモンド様をお救いするためなら、自分の命など惜しくはありません。でも、死んでしまった私にデズモンド様を守ることはできません。だからどうか、ベンジャミン様が、デズモンド様が襲われる前にグラハム様から剣を奪ってください」

（ベンジャミン様なら、絶対にデズモンド様を守ってくださるわ）

言うや否や、セシリアはベンジャミンの肩に触れたまま、もう片方の手を胸もとで握り、目を閉じた。

体中が熱を帯び、光に変わっていく。

セシリアとベンジャミンのすべてが細かな粒子となって、時空の中に溶けていった。

白い光の中でセシリアは涙を流しながら、一心にデズモンドに語りかけた――……。

さようなら、デズモンド様。

惨めな人生しか知らなかった私に、生きることの素晴らしさを教えてくださりありがとうございました。

この世のなによりも愛しています。

素直に伝えればよかったのに、この期に及んで臆病だった私を、どうかお許しください。

……――ふわりと体が軽くなった。

世界は真っ白な光に包まれていて、なにも見えない。

（ここは、天国かしら）

案外早く着くのね、と状況にそぐわないのんきなことを考えていた矢先。

――カンッ！

なにかが弾き飛ばされる音がした。

視界が慣れ、放物線を描く銀色の小さな物体が目に映る。

それは近くの茂みに落ちて、すぐに見えなくなった。

どこかで見た覚えのある光景だ。

(え？　今のは、デズモンド様に弾き飛ばされたエヴァン様の毒針……？)

「く……っ！」

「毒針が、見えていたのか？」

これも聞き覚えのあるエヴァンのセリフだ。

目の前では、デズモンドとエヴァンが剣を手に対峙していた。

(デズモンド様が生きているわ……！)

「いいや。貴殿が不審な動きをしたから、懐に毒を忍ばせているのかもしれないと予感しただけだ。以前セシリアから、エンヤード城の研究所内で猛毒を開発していると
いう話を聞いたからな。食事には気をつけていたが、こうきたか」

(間違いないわ、ループしたのね。でも私、どうして生きているの？)

体のどこにも異変はないようだ。

いったいなにが起こっているのかわからず、ひたすら困惑しているうちに、駆け出

したデズモンドがエヴァンの鼻先に剣を突きつけた。覚えのあるその場面が目に飛び込んできて、セシリアはサアッと顔を青くする。

（ぼうぜんとしている場合じゃないわ！　早くグラハム様から魔道具の剣を奪わないと！）

我に返り、茂みの方へと駆け出す。

だがすでに時遅く、グラハムが魔石のはめ込まれた剣を振り上げてデズモンドに迫っている最中だった。

セシリアのいる位置からは距離があり、ドレスの足ではとてもではないが間に合いそうにない。

（どうしよう、せっかくループできたのに……！）

そのとき、目の前にスッと差し出された腕が、セシリアの動きを止める。

黒いローブの袖――ベンジャミンだった。

「セシリア様は下がっていてください」

言うなり、ベンジャミンは銀の瞳でグラハムを睨みすえ、勢いよく手を伸ばした。

ベンジャミンの手のひらから強烈な風が生まれ、突風となってグラハムに襲いかかる。グラハムの手中にある魔道具の剣が突風に煽られ、無様に地面に転がった。

「うっ……！」

慌てたグラハムは急いで剣を拾おうとするが、続いて轟音《ごうおん》とともに地面がひび割れ、あっという間に魔道具の剣をのみ込んでしまう。

剣がすっかり見えなくなると、地面はまたギシギシとうごめき、何事もなかったかのようにもと通りになった。

「ああっ！　剣が、私の剣が……っ！　くそっ！」

土の奥深くに埋もれた剣が手に戻らないと判断するや否や、グラハムは懐から短刀を取り出し、デズモンドに襲いかかろうとした。だが風のごとく移動したベンジャミンが、すばやく彼をうしろから羽交い絞めにする。

「離せっ！　あいつを殺すんだっ！」

狂人さながらの形相で泣きわめくグラハムを、デズモンドは虚を衝かれたように見つめていた。それから、みるみる険しい表情になる。

グラハムの暗殺計画は今度は未遂に終わったが、彼がデズモンドを憎み、隙を狙って殺そうとしたことがわかったのだろう。それほど驚いた様子でもないので、前々からそれとなく彼を警戒していたのかもしれない。

デズモンドがグラハムに目を奪われている隙に、今度はエヴァンが切りかかってくる。だがすばやく気配を察知したデズモンドは、ひらりと身をかわすと、エヴァンの頬を拳で殴りつけた。

ズサッと音を立て、地面に仰向けに倒れるエヴァン。

頬を腫らし、切れた口もとを拭いながら身を起こす。

「セシリアは俺のものだ……」

その目には、セシリアへの執着と、デズモンドへの憎悪があふれていた。

エヴァンが剣を持ち直し、再びデズモンドめがけて突進する。

そのとき、駆けつけた城の衛兵たちが、デズモンドを守るようにしていっせいに立ち塞がった。

決闘の喧騒を耳にして、様子を見に来たのだろう。

怯んだエヴァンはあっという間に押し倒され、うしろ手に身動きを封じられる。

整った相貌をゆがませ、抵抗しながら怒り狂うエヴァン。

「離せ！　客人の俺にこんなことをしていいと思っているのか⁉」

「我が国の皇太子に無体を働いたのです。解放するわけにはいきません」

衛兵のひとりに冷淡に言い放たれ、エヴァンはもはやこれまでと判断したようだ。

捕縛されながら、悲愴な顔をセシリアに向ける。

「セシリア、わかってくれ！　俺はただ、君を取り戻したかっただけなんだ！」

子どものように涙まで浮かべている彼は、演技をしているようには見えなかった。

セシリアを失ったことを、心から嘆き悲しんでいるようだ。

セシリアは衛兵たちにのしかかられているエヴァンに近づくと、彼に声が届くように膝を折った。

「エヴァン殿下、聞いてください。私はずっと、あなたを大事に思ってきました。あなたが思っているよりもはるかに長い間、あなたに愛されることだけを考えて生きてきました。蔑まれようと、嫌われようと、その思いが揺らぐことはありませんでした」

セシリアの声は静かだったが、底知れない力強さを秘めていた。

凛とした彼女の空気にあてられたように、エヴァンがわめくのをやめる。

「だけど私は、決して幸せではありませんでした。それでもいいと思っていたのです。なぜなら必要とされていない私の幸せより、国にとっての宝であるあなたの幸せの方が重要だと思っていましたから。でもこの国に来て、人々に必要とされるようになって、そして気づいたのです。私は、私のために幸せになっていいと」

セシリアは、エヴァンに向かってやわらかく微笑みかけた。

「エヴァン殿下、改めてお礼を言わせてください。子どもの頃、お城で開かれたパーティーでひとりぼっちだった私に声をかけてくださり、ありがとうございました。私のそれまでの惨めな人生の中で、あなたのくれた優しさはまるで宝石のようでした。でも――」

気持ちを落ち着かせるように、すうっと息を吸い込むセシリア。

「――もう、私を自由にしてください」

セシリアのエメラルドグリーンの瞳から、透明なしずくが音もなくすべり落ちる。

涙の煌《きら》めきに魅せられたかのように、エヴァンの瞳が大きく揺らいだ。

「セシリア、俺は……」

エヴァンが、震える声を出す。

だがすべてを言いきらないうちに、彼は口をつぐんだ。

そしてあきらめたように、セシリアから視線を背ける。

頃合いと見たのか、おとなしくなった彼を衛兵たちが無理やり立たせた。

衛兵に取り囲まれながら森の中へと消えていくエヴァンは、もうセシリアを振り返ろうとはしなかった。

「セシリア」

愛しい人の声がして、セシリアは我に返る。

「あの男に、もう未練はないのか」

傷ひとつないデズモンドが、熱い視線を向けていた。

つい先ほど息絶えた彼を見たばかりなだけに、元気な姿に胸がいっぱいになる。

セシリアはぶわっと目に涙をあふれさせると、無我夢中で駆け寄り、デズモンドに抱き着いた。デズモンドは持っていた剣を地面に落とし、セシリアの想いに応えるように熱い抱擁を返す。

「はい。未練などとっくに消えています。私が愛しているのは、デズモンド様、あなただけです」

なんのためらいもなく、その言葉が口をついて出ていく。

こうして生きている彼に想いの丈を伝えることができて、もだえるほどにうれしい。

デズモンドが、セシリアの淡いブルーの髪に深く顔をうずめた。

熱い吐息が、耳をかすめる。

彼が生きている証である温もりがうれしくて、愛しくて。涙があふれてやまない。

「そうか、それはうれしいことを言ってくれる。俺も君を愛している。この世のなによりも深く」

思いがけない言葉が返ってきて、セシリアの心がさらに歓喜した。

だが、すぐにジゼルのことを思い出す。

「その、お気を使っていただかなくても大丈夫です。デズモンド様の一番になりたいとは思っていませんから」

「どういう意味だ？」

甘い空気から一転して、デズモンドの声が冷ややかになった。

凍てつくスカイブルーの瞳に射貫かれ、セシリアは身を縮める。

「その、デズモンド様にはジゼル様がいらっしゃるので……」

「ジゼル？　なぜ彼女が出てくる？」

デズモンドは怪訝そうに眉を上げた後で、思い直したように「もしかして、あの噂を耳にしたのか」とつぶやいた。

「デズモンド様とジゼルは、間違ってもそんな仲ではありませんよ。ジゼルは魔法が大好きすぎて恋愛に興味を持てない、引くほどの魔法オタクですからね。常識はずれなところがあるし、デズモンド様とどうこうなんてとんでもない。その常軌《じょうき》を逸したオタクっぷりに、父上も日頃から嘆かれています」

ベンジャミンが、そう言葉を挟んでくる。

「でも、デズモンド様ととても親密な雰囲気でしたし……」

「親密だと？　なにを見てそんなことを思うんだ」

デズモンドが、心底不快そうに眉間にシワを寄せた。

「俺が特別な目で見ているのは君だけだ。好き勝手噂させていたが、ベンジャミンの言うように、実際はジゼルとどうこうなどありえない」

真剣な眼差しで言われ、今度こそセシリアの疑念は晴れた。

（それはつまり、私はこの方を独占できるってこと？）

澄んだスカイブルーの瞳を持つ、類まれなる美丈夫。

そして、ここオルバンス帝国の皇帝となる偉大なる人――。

頬を赤く染めたセシリアを見て、自分の想いが通じたとわかったのだろう。

デズモンドが、安心したように表情を和らげた。

そこでセシリアは、ある違和感に気づく。

いつの間にか、グラハムの姿が消えているのだ。

たしか最後に見たとき、彼はベンジャミンに羽交い絞めにされていたはず。

「そういえば、グラハム様は？」

「ひと足先に、僕が地下牢に連行しました。なにをしでかすかわからないご様子でしたから」

ベンジャミンが、セシリアの声ににこやかに答える。

(このわずかな間にグラハム様を連れて城の地下牢に行き、また戻ってきたの……？

この森から城までは距離があるから、二十分はかかるはず。そんなこと、不可能だわ)

動揺したものの、セシリアはすぐに「あっ」と閃《ひらめ》いた。

「もしかして、風魔法を使ったのですか？」

一度にいろいろなことが起こりすぎておざなりにしていたが、セシリアは先ほど、ベンジャミンが魔法を使う姿をたしかに目撃した。

重い物を吹き飛ばす風魔法に、大地に標的物を取り込む土魔法。どちらもかなり難易度の高い魔法だ。

そしてそれらの魔法を使っている際、黒のローブの袖から覗いた彼の手首に浮かんだものを見てしまった。

――金色に輝く、メビウスの形の痣を。

「あなたは、聖人だったのですね」

「いやあ、バレちゃいましたか」

てへへ、と軽い調子でベンジャミンが頭をかいた。

オルバンス帝国の国教であるユルスツク教。その使者と云われる聖人は、エンヤード王国の聖女と違って、存在が不確かだ。

ふたりのやり取りを、デズモンドも驚きの顔で聞いていた。

「聖人だと？　お前がか？」

ベンジャミンが、デズモンドに気まずそうな視線を向ける。

しばらく黙って見つめ合っていたふたりだったが、やがてデズモンドが「そうか」と息をのむように言った。

「あのとき、正妃に暗黒魔法を使ったのはお前だったのか……」

ベンジャミンの銀色の瞳に、スッと影が差す。

見たこともないような無表情で、ベンジャミンが押し黙った。

セシリアには、デズモンドがなにについて言っているのかわからなかったが、ベンジャミンのその態度の変化を肯定と判断する。

（ベンジャミン様は、暗黒魔法も使えるってこと？　じゃあ五度目の人生のとき、エヴァン様を暗黒魔法で殺害したのは、ベンジャミン様だったの？）

セシリアしか知らない出来事であり、今のベンジャミンには覚えのないことなので、確かめようがない。

だが、セシリアは確信していた。

デズモンドに忠誠を誓っているベンジャミンなら、きっとそうする。

先ほど、グラハムの襲撃から全力でデズモンドを守ったように。

それからセシリアは、今さらのように肝心なことを思い出す。

「もしかして、先ほどの時空魔法も……？」

セシリアの問いかけに応えるように、今度はベンジャミンがニコッと無邪気に微笑んだ。

（ああ、そうなのね。時空魔法を使ったのは、私ではなくベンジャミン様だから、私はこうして生きているのだわ）

すべての魔法を使いこなす聖人であれば、稀有とされる時空魔法も使えるだろう。

だから回数の限度を超えても、セシリアは死ななかったのだ。

そしてベンジャミンの肩に触れていたから、一緒にループした。

セシリアとベンジャミンがわずかなループを経てここにいることを、デズモンドは知らない。それでもふたりのやり取りからなにが起こったのかを勘づいたのか、深刻な目をセシリアに向けていた。

そんなデズモンドの前に、ベンジャミンが片膝をつく。

まるで、神に永遠の忠誠を誓う使者のように。

「デズモンド様、これまで黙っていたことをお許しください。代々の聖人がそうであったように、僕は自分の力を他人に誇示したくなかったのです。ユルスック神に与えられたこの力は、あなたをお守りするためだけのものと思っていますから」

いつものお調子者の彼とは、まるで雰囲気が違った。

それこそ、壁画で見たユルスック神のそばに侍る聖人のごとく、清廉な顔つきをしている。

「自分が選ばれし者であると気づいたのは、まだ子どもの頃でした。僕は一生を捧げる主を決めるために、わざと非力な者のフリをしていました。そして非力な僕に唯一手を差し伸べてくれた慈悲深いあなたを、一生の主と決めたのです」

「そうか」

デズモンドはそう答えた後、ひざまずくベンジャミンの黒いフードの頭に手のひらを置く。

それから、口もとに穏やかな微笑を浮かべた。

「ずっと、俺を守ってくれていたのだな。心より感謝する」

思いのこもった声の響きに、ベンジャミンが頬を赤くする。

「そして、これからも近くにいてくれ。俺にはお前の力が必要だ」

「……御意」

　粛々と答え、恥じらうように目を伏せるベンジャミン。

　しばらくしてから立ち上がった彼は、屈託のない笑みを浮かべるいつもの彼に戻っていた。

「それにしても、デズモンド様は贅沢ですね。聖人と聖女、両方を近くに置いているんですから。この世界の長い歴史においても、前代未聞の状況ですよ。ね、セシリア様。そう思いませんか？」

「でも、私はもう聖女ではないですし……」

「厳密にはそうかもしれませんが、デズモンド様にとっては聖女も同然ですよ。なにせあの頑固な女嫌いを瞬く間に直してしまったんですから！　今もラブラブなご様子ですしね」

　ハハハ、とさもおもしろそうに笑っているベンジャミン。

　先ほどまでの雰囲気とのギャップがすごくて、セシリアはぎこちない笑みしか返せない。そして内心、ひそかに恐れおののいたのだった。

（この世で最も敵に回したらいけないのは、おそらくこの人だわ）

オルバンス帝国内で問題を起こしたエヴァンは、地下牢に留置されたのち、祖国に送還された。

エンヤード王国でも、国王を欺いて勝手に使者として赴いた罪で、謹慎を余儀なくされる。

＊　＊　＊

両国間の話し合いのもと、エヴァンの廃太子の処分をもって、友好条約は継続する運びとなった。

その後エヴァンは王族から離脱、辺境伯位に降爵し、人里離れた領土での孤独な暮らしを余儀なくされる。

王太子の座は第二王子のカインが受け継いだ。

聖女で婚約者のミリスとはウマが合うらしく、すっかり打ち解け合っており、城内で仲睦まじく過ごしている姿がたびたび目撃されている。

デズモンドとセシリアの結婚式は、三カ月後に決まった。

そのおよそ半年後に、デズモンドは皇帝に即位し、セシリアは皇妃となる。

互いの誤解が解け、気持ちを確かめ合った後から、デズモンドは再びセシリアに会いに毎夜後宮を訪れるようになった。

　エリーの淹れてくれた紅茶を飲みながら、互いの距離を縮める日々を過ごしている。


　ある日の夜。

「兄上は、レスメスカにある離宮に移住することになった」

　いつものようにセシリアの部屋のソファーで紅茶を飲んでいたデズモンドが、ふいにそんな報告をした。

　あのひと悶着の後、デズモンドは、兄グラハムに殺される別の人生があったことをベンジャミンから聞いたらしい。

　グラハムは、第一皇子の自分ではなく弟のデズモンドが皇太子に選ばれた過去を、ずっと根に持っていた。実は誰よりもプライドが高い人だったようだ。

　さすがに彼も、デズモンドを害すれば、自らの人生が台なしになるとわかっていただろう。それでもデズモンドを狙わずにはいられなかった。

　それほど、弟を憎んでいたのだ。

「今後も内乱を起こしかねない危険分子として、俺が下した判断だ。表向きは難病による療養という形にするが、実際は幽閉と変わらない。僻地《へきち》の離宮で、一生不自由な生活を送ることになる」

「そうでしたか……」

語り終えたデズモンドは、力なく宙を見すえている。

落ち着いたふうを装っているが、内心は複雑な思いを抱えているのだろう。

血を分けた兄の断罪が、心優しい彼にとってどれほど酷か、セシリアには手に取るようにわかった。

だが彼は、苦渋の決断をした。

自分が皇帝となり、この国を平和に統治する未来のために。

捨てられた少年のような彼の目を見ていると、セシリアは胸が苦しくなる。

皇帝として大帝国を率いていく彼には、この先あまたの決断が待っているはずだ。

己の感情とは裏腹に、残酷な判断をくださなければならないときもあるに違いない。

華やかなようでいて、実際は孤独との闘いだ。

(デズモンド様の支えになりたい)

そんな渇望が、胸を突き破るようにして込み上げる。

セシリアは向かいから手を伸ばすと、デズモンドの手のひらをぎゅっと握りしめた。

「大丈夫です。なにがあろうと、私があなたをお守りします」

願望ではない。絶対にそうしてみせると、胸の中で誓う。

与えるばかりでも、与えられるばかりでもない。

奇跡のような十度目の人生、この先もずっと、彼と支え合って幸せに生きていく。

デズモンドは顔を上げると、エメラルドグリーンの瞳に強い意志を宿しているセシリアを見つめた。それからフッと口もとをほころばせる。

「そうだな、今の俺には君がいる。だがくれぐれも、もう二度と時空魔法は使わないでくれ。君なしでは生きていけない」

「はい、わかっております」

セシリアが笑みを返すと、デズモンドが重なった手のひらに力を込めた。

「そうか。それならよかった」

互いを想う、熱い視線が絡み合う。

すると、デズモンドが改まったように声の調子を変えた。

「また君に頼みがある」

「なんでしょう？」

「今から君を抱きたい」

大胆な発言を不意打ちで放たれて、セシリアは瞬く間に顔を赤くした。

動揺のあまり手を引こうとしたものの、逆に引っ張られて指先に唇を寄せられる。

「俺がどれほど耐えてきたか、君は知る由もないだろう？　その極上の体を知った後では、近くにいながら触れることも叶わないのは地獄に等しい」

「そんなふうには、まったく見えませんでした……」

「そうか。だとしたら、俺の演技力もたいしたものだな。実際はこうして君と向かい合いながら、いつもあの日の夜のことを思い出していた。君の肌のやわらかさや、甘い声、そして温もりを」

生々しい言葉を立て続けに並べられ、セシリアは羞恥でおかしくなりそうだった。

「抱いていいか？　それともだめか？」

懇願するような目で見つめられながら、手の甲を味わうように口づけられる。

そのキスの仕方がなんともいやらしくて、体の奥にとろけるような熱が湧いた。

「……いいです」

小声で答えると、デズモンドは気をよくしたように微笑んだ。

それから立ち上がり、セシリアの体をいとも簡単に横抱きにしてしまう。

セシリアを天蓋付きのベッドに寝かせると、デズモンドは着ていた白のシャツを脱ぎ捨てる。彫刻のごとく鍛えられた上半身が露《あらわ》になって、セシリアは目のやり場に困った。

ギシッとベッドをしならせ、セシリアに馬乗りになるデズモンド。

器用な手つきでドレスを脱がされ、セシリアもあっという間に一糸まとわぬ姿にされてしまう。

恥ずかしさから体を丸めようとしても、両手を敷布に縫いつけられて阻止された。

煌々《こうこう》とランプが灯る部屋で、体の隅から隅までくまなく視線でたどられる。

気づけば、彼の息が堰《せき》を切ったように上がっていた。

「君はどうしてこうも美しいんだ……」

スカイブルーの瞳から、情欲があふれ出ている。

いつもは大人な彼が己の裸身を見て冷静さを失っている姿に、胸の奥が疼いた。

恥ずかしいけれど、たまらなくうれしい。

「デズモンド様。早く触れてください……」

こらえきれずにそう告げると、彼の喉もとがゴクリとうごめいた。

すぐに唇が重ねられる。

ふわっとかすめるようなささやかなキスが、水気を帯びた濃厚なものへと変わっていった。

彼の熱に、全身が溶かされる。

彼の愛に、すべてが満たされる。

「セシリア、愛している……」

汗を滲ませながら揺れ動く彼の背中を、セシリアはきつくきつく抱きしめる。

そして目を閉じ、例えようのない幸福感を全身で受け止めた。


今のセシリアは、自分のすべての人生に誇りを持っていた。

役立たずと罵られひとり涙した日々も、どんなに努力しても愛されず絶望にさいなまれた日々も、なにもかもが愛しい。

過去の自分がいなければきっと、この偉大なる人からこんなにも大きな愛を与えられはしなかっただろうから。

(無駄なことなど、なにひとつなかったのね)

心の中でしみじみと思いながら、セシリアは湿った彼の手に自分の手を絡ませる。

そして、甘く情熱的な夜に、よりいっそう溺れていったのだった。

END

あとがき

こんにちは、朧月です。今回は、ループをテーマにファンタジー小説を書きました。

何度も人生をループしたら、人間はどうなるのか。きっとおかしくなって、考え方がゴロッと変わるのではないかと思いました。そこで純潔にこだわりをなくし、処女をあっさり捨てるという思いきった主人公設定が、まずは浮かびました。

ですが、嫌悪感を抱かれないように主人公の性格はあくまでも貞淑に……それなら弊害となるひねくれた婚約者を登場させよう……そんなふうに内容が決まっていきました。

そういうわけで、ヒーローであるデズモンドの設定を考えたのは、セシリアとエヴァンの後になります。いつもは真っ先にヒーロー設定を考えるので、新鮮な経験でした。

この本を読んでいただいたらおわかりの通り、とにかくエヴァンの性格がねじ曲がっているので、クセ強が混在しないよう、自然とデズモンドは大人のいい男キャラになりました。これまでクセのあるヒーローを書くことが多かったので、まっすぐで包容力のあるヒーローは、すごく書きやすいうえに好印象でした。皆様にも気に入ってもらえたなら幸いです。

ベリーズカフェさんのサイトにふたりのその後に触れた番外編を置いていますので、よかったら遊びに来てください。

最後に、この本の制作・販売におけるすべての工程に関わってくださった関係者様に、心よりお礼を申し上げます。

そして小説を買ってくださった読者様、本当にありがとうございました。

出版という夢のような経験を初めてさせていただいてから、気づけば八年。ここまで書き続けることができたのは、読者様をはじめとした多くの方々に支えられてきたからです。

心より感謝しております。

また次回作でお会いできたらうれしいです。

朧月《おぼろづき》あき

朧月あき先生への
ファンレターのあて先

〒104-0031
東京都中央区京橋1-3-1
八重洲口大栄ビル7F
スターツ出版株式会社　書籍編集部　気付

朧月あき先生

本書へのご意見をお聞かせください

お買い上げいただき、ありがとうございます。
今後の編集の参考にさせていただきますので、
アンケートにお答えいただければ幸いです。

下記URLまたはQRコードから
アンケートページへお入りください。
https://www.berrys-cafe.jp/static/etc/bb

ベリーズ文庫

この物語はフィクションであり、
実在の人物・団体等には一切関係ありません。
本書の無断複写・転載を禁じます。

9度目の人生、聖女を辞めようと思うので敵国皇帝に抱かれます

2022年10月10日　初版第1刷発行

著　者　朧月あき
©Aki Oboroduki 2022

発行人　菊地修一
デザイン　hive & co.,ltd.
校　正　株式会社文字工房燦光
編集協力　八角さやか
編　集　篠原恵里奈
発行所　スターツ出版株式会社
〒104-0031
東京都中央区京橋1-3-1　八重洲口大栄ビル7F
TEL　出版マーケティンググループ　03-6202-0386
(ご注文等に関するお問い合わせ)
URL　https://starts-pub.jp/

印刷所　大日本印刷株式会社

Printed in Japan

乱丁・落丁などの不良品はお取替えいたします。
上記出版マーケティンググループまでお問い合わせください。
定価はカバーに記載されています。

ISBN 978-4-8137-1335-7　C0193

ベリーズ文庫 2022年10月発売

『冷徹御曹司は過保護な独占欲で、ママと愛娘を甘やかす』 砂川雨路《すながわあめみち》・著

勤め先の御曹司・豊に片想いしていた明日海は、弟の望が豊の婚約者と駆け落ちしたことへの贖罪として、彼と一夜をともにする。思いがけず妊娠した明日海は姿を消すが、2年後に再会した彼に望を探すための人質として娶られ!? 形だけの夫婦のはずが、豊は明日海と娘を宝物のように守り愛してくれて…。

ISBN 978-4-8137-1331-9／定価704円（本体640円＋税10%）

『激情を抑えない俺様御曹司に、最愛を注がれ身ごもりました』 未華空央《みはなそらお》・著

従姉妹のお見合いの代役をすることになったネイリストの京香。しかし相手の御曹司・透哉は正体を見抜き、女性除けのために婚約者になれと命じてきて…!? 同居生活が始まると透哉は京香の唇を強引に奪い、甘く翻弄する。「今すぐ京香が欲しい」――激しい独占欲を滲ませて迫ってくる彼に、京香は陥落寸前で…。

ISBN 978-4-8137-1332-6／定価715円（本体650円＋税10%）

『冷厳な不動産王の契約激愛婚【極上四天王シリーズ】』 佐倉伊織《さくらいおり》・著

大手不動産会社に勤める里沙は、御曹司で若き不動産王と呼び声が高い総司にプロポーズされ、電撃結婚する。実はふたりの目的は現社長を失脚させること。復讐目的の仮面夫婦のはずが、いつしか総司は里沙に独占欲を抱き、激愛を刻み付けてきて…!?　極上御曹司に溺愛を注がれる、四天王シリーズ第一弾!

ISBN 978-4-8137-1329-6／定価726円（本体660円＋税10%）

『天敵御曹司は政略妻を滾る本能で愛し貫く』 春田《はるた》モカ・著

産まれる前から許嫁だった外科医で御曹司の優弦と結婚することになった世莉。求められているのは優秀な子供を産むことだが、あることから彼の父親へ恨みを抱えており優弦に対しても心を開かないと決めていた。ところが、嫁いだ初日から彼に一途な愛をとめどなく注がれ、抗うことができなくて…!?

ISBN 978-4-8137-1333-3／定価726円（本体660円＋税10%）

『孤高の脳外科医は初恋妻をこの手に堕とす～契約離婚するはずが、容赦なく愛されました～』 水守恵蓮《みずもりえれん》・著

看護師の霞は、彼氏に浮気され傷心中。事情を知った天才脳外科医・霧生に期間限定の契約結婚を提案される。快適に同居生活を送るもひょんなことから彼の秘密を知ってしまい…!?「君には一生僕についてきてもらう」――まさかの結婚無期限延長宣言!　円満離婚するはずが、彼の求愛から逃げられなくて…。

ISBN 978-4-8137-1330-2／定価737円（本体670円＋税10%）

ベリーズ文庫 2022年10月発売

『もふもふ魔獣と平穏に暮らしたいのでコワモテ公爵の求婚はお断りです』 晴《はる》日《ひ》青《あお》・著

「私と結婚してほしい」――魔獣を呼び出した罪で辺境の森に追放された魔女は、自身を討伐に来た騎士団長・グランツに突如プロポーズされる。不遇な人生により感情を失い名前も持たない魔女に「シエル」という名を贈り溺愛するグランツ。彼に献身的な愛を注がれシエルにも温かな感情が芽生えていき…!?

ISBN 978-4-8137-1334-0／定価737円（本体670円＋税10%）

『9度目の人生、聖女を辞めようと思うので敵国皇帝に抱かれます』 朧月《おぼろづき》あき・著

役立たずの聖女として冷遇されているセシリアは、婚約者の王太子を救うため時空魔法を使って時を巻き戻していた。しかし何度やっても上手くいかず、9度目の人生で彼を守る唯一の方法が"不貞を働き聖女を辞すること"だと知る。勇気を振り絞って一夜を過ごした男の正体はなんと敵国の皇帝で…!?　冷酷皇帝になぜだか溺愛される最後の人生がスタート!

ISBN 978-4-8137-1335-7／定価715円（本体650円＋税10%）

『身代わりとして隣国の王弟殿下に嫁いだら、即バレしたのに処刑どころか溺愛されています』 Yabe《やべ》・著

声楽家になるのを夢みるさや香は、ある日交通事故にあい、目覚めると異世界にいた。さらに、ひょんなことから失踪した王女と瓜二つという理由で身代わりとして隣国の王弟殿下・エドワードに嫁がされることに！　拒否できず王女を演じるも、即バレして絶体絶命――と思いきや、なぜか彼に気に入られ!?

ISBN 978-4-8137-1336-4／定価715円（本体650円＋税10%）

ベリーズ文庫 2022年11月発売予定

Now Printing

『金融王の不器用な寵愛～籠の鳥は愛を乞い、天使を身ごもる～【極上四天王シリーズ】』 伊月《いづき》ジュイ・著

親同士が同窓だった縁から、財閥御曹司の慶と結婚した美夕。初恋の彼との新婚生活に淡い期待を抱いていたが、一度も夜を共にしないまま6年が過ぎた。情けで娶られただけなのだと思った美夕は、離婚を宣言！　すると、美夕を守るために秘めていた慶の独占欲が爆発。熱い眼差しで強引に唇を奪われ…!?

ISBN 978-4-8137-1344-9／予価660円（本体600円＋税10%）

Now Printing

『もう恋なんてしないと決めていたのに、冷徹な財閥御曹司に囲い込まれました』 滝井《たきい》みらん・著

石油会社に勤める美鈴は両親を亡くし、幼い弟を一人で育てていた。恋愛にも結婚にも無縁だと思っていた美鈴だったが、借金取りから守ってくれたことをきっかけに憧れていた自社の御曹司・絢斗と同居することに。甘えてはいけないと思うのに、そんな頑なな美鈴の心を彼は甘くゆっくり溶かしていき…。

ISBN 978-4-8137-1345-6／予価660円（本体600円＋税10%）

Now Printing

『交際0日婚～私たち、3年契約で結婚しました～』 田崎《たさき》くるみ・著

恋人に浮気され傷心の野々花は、ひょんなことから同じ病院に務める外科医・理人と急接近する。互いに「家族を安心させるために結婚したい」と願うふたりは結婚することに！　契約夫婦になったはずが、理人を支えようと奮闘する野々花の健気さが彼の愛妻欲に火をつけ、甘く溶かされる日々が始まり…。

ISBN 978-4-8137-1346-3／予価660円（本体600円＋税10%）

Now Printing

『今宵また、私はあなたのものになる』 高田《たかだ》ちさき・著

両親を亡くし叔父家族と暮らす菜摘は、叔父がお金を使い込んだことで倒産の危機にある家業を救うため御曹司・清貴と結婚することになる。お金を融資してもらう代わりに跡継ぎを産むという条件で始まった新婚生活は、予想外に甘い展開に。義務的な体の関係のはずが、初夜からたっぷり愛されていき…！

ISBN 978-4-8137-1347-0／予価660円（本体600円＋税10%）

Now Printing

『エリートパイロットに見初められたのは、恋を知らないシンデレラ』 宝月《ほうづき》なごみ・著

航空整備士の光里は、父に仕事を反対され悩んでいた。実家を出たいと考えていたら、同じ会社のパイロット・鷹矢に契約結婚を提案される。冗談だと思っていたのに、彼は光里の親の前で結婚宣言！　「全力で愛してやる、覚悟しろよ」──甘く迫られる新婚生活で、ウブな光里は心も身体も染め上げられて…。

ISBN 978-4-8137-1348-7／予価660円（本体600円＋税10%）

タイトル、価格等は変更になることがございますのでご了承ください。